客舟聽雨

趙啟光　著

目次

序
客舟聽雨，江闊雲低

　　當初寫作時，我並未刻意限定選題方向，編集之際，卻似乎理出了當年的思路，對潛在主題有了重新發現，即人在異國、異鄉或異己環境中的體驗與變化。這一「不定而定」的主題，不但確定了我好幾年的學術方向，還在很大程度上決定了我本人的人生選擇，將我引向世界。重讀舊作，如同檢閱自己的人生歷程。去國二十餘載，往事如煙，掩卷沉思，不禁感慨萬千。

　　本集涉及範圍較廣，但多與二十世紀外國文學有關，書中所涉及的作家經歷及創作背景各不相同，但他們本人和作品中的人物都處於異己的環境之中，在客舟的風雨中體驗人生的真諦。賈布瓦拉從歐洲反向移往亞洲，萊茵河的清冽波濤在南亞碧藍的蒼穹下獲得了新的含義，人的價值也在這種強烈對比下，顯得愈發沉深。作為長期僑居印度的歐洲人，她對印度既無所不知，又百思不得其解。她對印度苦思苦想，似乎明白了印度，就解答了人生之謎。

　　對於海員作家康拉德來說，駕舟駛入異鄉不只是文學象徵，而且是他一生的切實經歷。康拉德的一生，就是在不同文化區域漂泊的一生，一顆孤心在茫茫的海面上跳動，多種民族文化交相掩映；沉鬱與曠達融成一體，自然與社會彼此交融，原始與文明的交錯如同海底的鳴鐘，響徹東西兩半球。如是，陸與海、文明與原始、俄國與西方這三對由對立因素構成的主題貫穿著這位元「最偉大的寫過小說的藝術家」的作品。

　　契弗筆下的人物不是異鄉異客，倒是「本鄉本主」。他們的環境

相對穩定凝滯，其間人物無時不生存於被甩出既定環境的恐懼中。他
在逝世前不久給我的一封信裡稱自己是「一位只關心收成的老農」，
這倒是恰如其分地表現了他對遷徙的畏懼。與其相反，海明威及其作
品中的人物在自我放逐中追求異鄉生活，在不同社會和地理層次中浮
現，在與環境的鬥爭中體驗人生的真諦。

　　布拉德伯裡則駛入科學幻想的世界。在《飛行器》中，虛構的中
國晉代皇帝殺掉了闖入禁城上空的異鄉異客──世界上第一個飛機發
明人兼飛行員。在《濃霧號角》中，人與恐龍在時間與空間的扭曲中
重新發現了自己的位置。作者用詩一樣的語言描述燈塔的號角怎樣衝
擊異鄉人的靈魂，布拉德伯裡的種種聲音頗有下面將談到的蔣捷「客
舟聽雨」之妙，可見古今中外文人所感略同：

　　　　很久很久以前的一天，一個人在大海的巨響聲中走來，他站在
　　　陰霾密佈的海岸上說：我們需要一種聲音飛過海面向航船發出
　　　警告。我要製造這種聲音。我要發出一種聲音，它好像從古就
　　　有的時間與大霧，它好像漫漫長夜中你身邊的空床，它好像你
　　　打開門時看到的空空的房間，它好像殘葉落光的秋天的樹木，
　　　它好像南飛鳥群的啾啾哀鳴，它好像 11 月的風吼和卷上峻峭
　　　海岸的濤聲，我要製造出一種孤獨淒涼的聲音，人人聽了都要
　　　有所感觸，人人聽了都要在靈魂深處悵然淚下，家庭的火爐會
　　　顯得更溫暖，遠在他鄉的人們聽到它都會覺得不如歸去。我要
　　　製造出這種聲音。我要製造出一種裝置，人們將稱它霧角，聽
　　　到它的人將知道時間的永恆和生命的轉瞬即逝所帶來的悲涼。

斯托帕德的《黑夜與白晝》是談後現代主義和後殖民主義的批評家的
好題目。這個劇本一掃異鄉異客的傷感，用緊湊的節奏，譏諷的語調

描寫西方記者在非洲的經歷和他們與前殖民地的新統治者的衝撞。

　　至於我自己的異鄉感慨，本來無聲勝有聲，可以略去不表。偏有一位未曾見過面的上海作家陳丹燕在《新民晚報》上評論我的文章，她說她「想了一會兒作者的樣子，發現點點滴滴，字裡行間，全是趙啟光的心情故事」。

　　《晏子春秋·雜下》有言：「嬰聞之，橘生淮南則為橘，生於淮北則為枳，葉徒相似，其實味不同，所然者何？水土異也。」橘可化為枳，枳也可化為橘，水土之異，可使植物發生質變。同樣，社會或自然環境的變異，對人產生強烈的心理衝擊，深化人對客觀與主觀世界的認識，也能導致人的變化。諺云「樹挪死，人挪活」。人到窮途，挪挪地方，或有一番新天地。當今之世，這更成為時代的召喚。但是，異鄉謀生的心理壓力，並非人人能夠或願意承受。即使可以承受，其蒼涼感觸又極難以用語言表達出來。以積極的態度認識了這種沉鬱的感情，就是異鄉精神上成功的起點。如果能準確地抒發出來，就是千古絕唱，如《詩經》中的《采薇》：「昔我往矣，楊柳依依。今我來思，雨雪霏霏，行道遲遲，載渴載饑。」

　　漂泊異鄉，感慨本來多多，更兼無人傾訴，積鬱心中，迴腸盪氣，一旦訴諸筆端，其奔騰蒼涼足可驚天地泣鬼神。自「采薇」以降，例子很多，比如南宋蔣捷之《虞美人·聽雨》：

　　　　少年聽雨歌樓上，紅燭昏羅帳。壯年聽雨客舟中，江闊雲低斷雁叫西風。而今聽雨僧廬下，鬢已星星也。悲歡離合總無情，一任階前點滴到天明。

此小令容量之大，如太湖一勺，包蘊吳越萬里河山。詩人一生三個典型片斷均冠以「聽雨」兩字。然而，少年聽雨歌樓，老年聽雨僧舍，

似落「十年一覺揚州夢」的窠臼，未見得有驚人之筆。惟壯年聽雨一節，才是傷心人別有懷抱。「江闊雲低，斷雁西風」格調已高。「客舟」兩字竟是畫龍點睛，其沉鬱悲涼令天下遊子怦然心動。宋人，特別是南宋人，對顛沛流離最是感觸深刻。結果這首詞成為一首挽歌。詩人哀挽自己異鄉聽雨的一生，也哀挽故國的沉淪。「一任階前，點滴到天明」就是無可奈何的告別。

倒是英國詩人喬叟在「特羅勒斯的歌」（Cantus Troili）直接以死亡作為對漂泊的客舟告別：

> 可是我若同意，何以又埋怨。
> 我漂泊往復，如無舵的客舟浮在海面。
> 不見海岸，惟有相反的風從兩面吹來，
> 永遠漂泊，上下不定。
> 啊！此為何病？
> 冷時發燒，燒時發冷，我將死亡。

喬叟的最後一句，和蔣捷的最後一句比較起來，似乎太直了些，但「相反的風從兩面吹來」卻道出了異鄉異客在人生客舟上抉擇的艱難。行行複行行，何去又何從。不過，既然選擇了他鄉之路，就如喬叟所說「何必埋怨」。古今中外壯士志在四方，乘長風破萬里浪，直濟滄海異鄉，所見所聞所思皆是平生未知，這也是人生的大飛揚，感情上豈能無所付出？的確，既然選擇了客舟聽雨，那「江闊雲低，斷雁西風」就應該有一種悲壯的美。蔣捷、喬叟以及本書中許多作家說的多是這一悲壯中的「悲」。我寫過七律兩首言志，前後相隔二十四載。第一首是少年聽雨「文革」中，悲壯中的「悲」字似多些。第二首壯年聽雨客舟中，欲說悲壯中的「壯」。二十餘年浪跡天涯，意氣

似未消失殆盡，故不揣冒昧錄之於下，以免滅了天下遊子的志氣：

七律　「文化大革命」高潮中聞阿波羅飛船登月有感（1969）

> 驚聞彼岸登月球
>
> 陋室閉門且埋頭
>
> 浩氣蕩蕩曾自許
>
> 赤膊條條任去留
>
> 羞逐社子睹梨栗
>
> 冷觀潮兒弄激流
>
> 擊節長歌歌何苦
>
> 坎坷未信此生休

七律　在美獲終身教授有感兼贈愛妻（1993）

> 星河欲轉映帆痕
>
> 雨送孤舟入青雲
>
> 蹈海本非英雄志
>
> 移山方稱壯士心
>
> 一生有願驚天地
>
> 兩心相通泣鬼神
>
> 昨夜小樓月如水
>
> 羌管悠悠雪似銀

趙啟光於美國明尼蘇達州諾斯費爾德市曠怡齋

身在異鄉為異客
——英國小說家賈布瓦拉評介

　　英國女小說家魯絲・普羅厄・賈布瓦拉1927年生於德國，父母都是波蘭裔猶太人。她自幼在英國讀書，從1951年起，長年生活在印度。她把自己在印度所見、所聞、所思、所感一一剪裁入書，成為當代西方最有成就的描寫印度生活的小說家之一。她的作品在主題方面與愛・摩・福斯特的《印度之行》（1924）十分接近，在創作技巧方面與簡・奧斯丁異曲同工。近年來她的作品受到英美兩國評論界和讀書界的熱烈歡迎。一些作品還被拍攝成電影和電視劇。

　　賈布瓦拉的創作多以印度為背景。作為一個長期僑居印度的歐洲人，她幾乎把全副精力都集中在觀察和思考印度上了。她對印度的認識十分複雜，既無所不知，又百思不得其解；她對印度的感情更為複雜，既一往情深，又厭倦失望。印度的一切，從燦爛的古代文明到神秘多彩的宗教，從碧藍如洗的蒼穹到喧鬧繁華的街頭，從歐化的名門閨秀到倒斃街頭的乞丐，無一不使她的敏銳的頭腦陷入沉思。她對印度苦思苦想，似乎明白了印度也就明白了人生；回答了印度的問題，就發現了自己生活的價值。終於，她從千絲萬縷的印度之謎中抽出兩條清晰的線索，那就是印度古老奧博的精神生活和當代貧困落後的物質生活。而這兩條線索就成為賈布瓦拉筆下無盡的印度風俗畫的清晰座標。恒河的滾滾波濤，德里貧民窟的街道，以及印度教祭壇的嫋嫋香煙無不在這兩條線索下交相掩映；歐洲探索者的夢想，印度公子王孫的愛情，以及印度僧人的修煉，無不在這兩條線索下昇華幻滅。而恰恰是抓住了這兩條線索，賈布瓦拉時而細膩、時而奔放、時而譏諷挪揄、時而如泣如訴的獨特風格也就左右逢源了。

　　的確，印度是偉大的文明古國，在文學、藝術、宗教、哲學等許多方面都為人類文明做出了輝煌的貢獻。但是由於種種原因，當代印度的種種問題是人所共知的。印度是由許多極端組成的。極為悠久的文明，極為炎熱的氣候，無限制增長的人口加上西式的議會政治和

畸形發展的經濟，為敏銳的觀察者們提供了無盡的思考素材。正因為如此，印度是當代世界最發人深思的地方之一。對歐洲人如此，對我們亞洲人尤為如此。不過，賈布瓦拉不是社會評論家，她不想也不能為印度描繪出一幅公正與發展的藍圖。她所關注的是人，是個人在嚴峻的社會環境中的感受。更具體地說，她筆下有知足常樂土生土長的印度人，也有嚮往西方物質文明的歐洲化的印度人，還有憧憬印度精神文明的印度化的歐洲人，以及在東西兩大文明交鋒中無所適從的「世界公民」。當然，這些人物都有作者強烈的主觀色彩，這點她在《我在印度》一文中已坦率承認：「我現在感興趣的是處於印度這一環境中的我本人。」於是，或憐憫、或譏諷、或認同，那膚色各異的芸芸眾生成為抒發賈布瓦拉心曲的長短音符。於是，讀者很容易窺見她的一些社會與民族偏見。不過她對此也並不顧忌，因為她的小說與其說是對印度社會生活的客觀描寫，不如說是一個旅印歐洲女子的心靈自白。

賈布瓦拉是英國作家，這不僅是因為她在英國受教育以及用英語創作，更重要的是因為她從多方面繼承了英國文學的傳統，特別是諷刺和幽默的傳統。在當代英國，繼承傳統的女作家不乏其人，如米特福德、斯派克、默多克和皮姆等。賈布瓦拉之所以能在其間獨樹一幟，除了她的小說的印度背景外，就應該說是她對其人物性格的批判性刻畫了。她筆下的女子，往往是虛榮、好勝和自我陶醉的人，男子則多為自負、軟弱和怪癖者。這些人膚色經歷各不相同，但個個栩栩如生，組成了一列《坎特伯雷故事集》類型的人物畫廊。此外，她的敘述結構也有獨到之處。她的小說往往由許多獨立的「場景」構成，合則前後呼應，分則各成章節。這大概與她喜好寫作電影、電視劇本有關。

《阿姆麗達》（Amrita, 1956），原名《以身相許》（To Whom She

Will, 1955），是作者的處女作。此書一出版，英國評論界就將賈布瓦拉比做當代的奧斯丁。故事發生在印巴分離後的新德里。女主角阿姆麗達出身於一個西方化的印度世家。她在一家廣播電臺擔任播音員，在工作中愛上了從巴基斯坦遷來的青年哈利。雙方家庭都竭力反對他們的結合。他們的愛情終以悲劇告終。情節本身雖然不脫傳統戀愛故事的窠臼，但作者一路翻出不少笑話，使全書的諷刺情調壓過了悲劇結尾。這本書是一幅描寫戰後印度城市生活的工筆劃，從東西方文化衝突到印度內部的種姓對立無不被作者細針密縷一一描出。

《熱與塵》（Heat and Dust, 1973）為賈布瓦拉贏得了英國小說最高獎布克獎。故事的大意是二十年代一位新婚的英國婦女背棄了自己的丈夫，愛上了印度的一位權貴。全篇的敘述角度不斷在當代和二十年代之間跳動。其主要人物多為一心「發現印度」的英國男男女女。這些人的夢想、愛情和信仰都在印度這一嚴峻環境的衝擊下發生了動搖。因為評論家們屢屢拿福斯特的《印度之行》和賈布瓦拉的作品比較，所以這篇小說可以說是作者有意對《印度之行》的反摹寫，即兩書的時代背景與故事情節類似，但主題與風格迥然不同。《熱與塵》由長短不一的二十三節構成，正敘倒敘穿插交錯，不受時間先後的限制。賈布瓦拉承認這種編排方法是受了電影蒙太奇的啟發。在主題方面，她對東西方文化融合持悲觀看法，認為東方是東方，西方是西方，兩家總也合不到一起。

《落後的地方》（A Backward Place, 1965）描繪了幾個僑居在印度（即書名所謂「落後的地方」）的歐洲婦女形象。匈牙利金髮姑娘艾塔嫁給了一個印度學生，隨丈夫移居印度。熱帶的烈日奪去了她往日的風采。更不幸的是，她的婚姻破裂了，只好前後與許多富人同居。她的情夫印度旅館業巨頭古比表面上謙和溫良，實際上是沉湎于聲色的花花公子。他本來許諾艾塔要帶她去歐洲，但後來又拋棄了艾

塔改和一位印度姑娘或他的「侄女」去歐洲了。對於艾塔，歐洲意味
著溫馨的回憶和擺脫種種噩夢的樂土。這一突如其來的變化使她痛不
欲生。與艾塔的遭遇形成對照的是英國女人裘蒂的故事。裘蒂自幼生
長在一個冷清寂寞的家庭裡，在她嫁給了一個印度演員之後，十分喜
愛丈夫熱鬧的大家庭。她並不虔誠地信仰印度教，但熱衷於當地的宗
教生活。一般認為這本書是喜劇，但其間悲涼情調在艾塔的故事裡表
現得淋漓盡致。

賈布瓦拉本人就是嫁給印度人的歐洲女子。這種背景使她對異族
通婚的社會後果有切身的感觸。《落後的地方》中的幾個歐洲女子的
遭遇與作者本人的經歷固然不同，但她們對印度文化不同的態度表現
了作者本人設想的自己可能選擇的幾種通向印度之路。讀過《我在印
度》一文，我們就會知道作者在這幾種抉擇前無所適從的茫然心境。

《新領土》（A New Dominion, 1972）又名《遊歷者》（Travellers）
是由三篇故事組成的。第一篇的主人公是兩個到印度尋求「自我完
成」的英國姑娘。她倆拜一個印度僧人為師。這個僧人要他的門徒對
他絕對服從，不但要奉獻出自己的精神，還要奉獻出自己的肉體。第
一個姑娘染肝炎身死，第二姑娘儘管清楚地看透了這個僧人的本質，
卻仍決心終生侍奉他，作者並沒有指出這種非理性行為的原因。第二
篇故事著力刻畫新老印度的交替。一個肥胖的印度公主在無聊中打發
日子，她的兄弟則成為新式的政治家，滿嘴華而不實的民族社會主義
辭藻。第三篇故事的男主人公名叫雷蒙，他喜愛一個英俊的印度少年
戈庇。戈庇心中只有物質利益，不能理解雷蒙的深情。

賈布瓦拉試圖把這三篇平行的故事交織在一起。比如，第三個故
事中的戈庇成為第二個故事中胖公主的情人，還短暫地和第一個故事
中的一個姑娘相愛。但這些情節上的交叉，並沒有使全書結構上完
整。三篇故事仍然平行並重，各有首尾。實際上第一篇故事中在主題

的開拓和人物的塑造方面都有獨到之處，後兩篇筆力不足，著墨太
多，反嫌累贅。還不如以第一篇故事為主線，以後兩篇為襯托來得好
些。不過，作者不這樣寫的本意大概在於她的文化使命感。她要繪出
二十世紀印度的眾生相，捕捉一切東西方文化碰撞中發出的火花。但
是她筆下印度人形象的生動性與心理深度往往不如歐洲人。她承認：
「你可以接近印度到一定程度，但為了保護自己，又切不可越過一定
界限。這塊土地對人的影響太強了，歐洲人的神經受不了。」（《我在
印度》）在一定意義上說，賈布瓦拉這種認識上的局限性和她這部小
說人物的廣度是不相適應的。

　　《尋找愛與美》（In Search of Love and Beauty, 1983）的主題依然
是異鄉生活，不過這次是德國人和奧地利人移居美國。美國當代著名
小說家約翰・厄普代克特別推崇這部小說。他在《紐約人》雜誌上撰
文說：「《尋找愛與美》使人想起普魯斯特的有關尋找失去的時間的小
說。在其他許多方面，這部小說也都是普魯斯特式的，比如貴族式的
生活環境（在這種環境裡總有足夠的金錢來貼補浪漫的生活），再如
故事跨越幾代人，時間順序自由跳躍以及愛情的物件總是一文不值等
等。」[1]

　　賈布瓦拉的其他著名作品還有小說《艾斯蒙德在印度》（Esmond
in India, 1958）、《一家之主》（The Householder, 1960）及電影劇本
《公主自傳》（Autobiography of a Princess, 1975）等等。

　　遊歷東方一直是現代英國文學中引人注目的題材。吉卜林在叢林
莽原中捕捉了一個個鮮明完整的歷險故事；康拉德在大海藍天下摸出
了海員們雄勁的脈搏。而賈布瓦拉則在喧囂的街頭、肅穆的廟宇裡，
以及異族共處的家庭中找到一群可笑可悲的「反英雄」。這些人的生

1　《紐約人》雜誌，1983年8月1日，頁85-86。

命力不在於超自然的體力（常見於神話文學），不在於超社會的感情（常見於浪漫文學），也不在於超過眾人的敏感（常見於現實主義文學），而在於他們在不同文化的衝突下表現出來的幻想、窘迫和失望，在於他們在摹仿或吸收外來文化時的笨拙與無能為力。不過我們不可認定賈布瓦拉對這些人物缺乏同情，因為在許多場合，她與其說是在嘲笑，不如說是在自嘲。她只不過是在哭笑不得的異鄉困境中選擇了笑而已。

陸與海・文明與原始・俄國與西方

——康拉德作品主題中三對主要對立因素

　　約瑟夫・康拉德是在波蘭出生的英國現代重要作家，有些評論家認為他是英國現代八大作家之一。[1]他一生創作很多，主題極為廣泛，涉及人類的物質生活和精神生活的許多領域。對他的作品的主題進行分析和概括是幾十年來所有康拉德評論家的共同任務。

　　評論家對他的作品的主題有許多不同的說法，有人說他的創作的中心是海洋，有人強調他的「悲觀遁世」思想，還有人把他的全部創作都與波蘭民族主義聯繫起來。這些說法都有一定道理，但都沒有全面反映出康拉德作品的主題的內在意義。首先，康拉德的確著力描寫海洋，但他顯然與斯蒂文生等「海洋作家」不同，他在寫海洋的時候，把陸地當做對應物，並把海洋與陸地的對立引申到自然與社會對立的高度。其次，康拉德並不厭惡整個世界，他在批判文明世界的同時，強調了與其相對立的原始的尊嚴。最後，康拉德的愛國主義並不表現在他對祖國波蘭的歌頌上，而是滲透於對俄國與西方的衝突的描寫裡。

　　如是，康拉德的作品主題的線索不是一條，而是三條，而且每一條都是由互相對立的兩方構成的，那就是：陸與海，文明與原始，俄國與西方。

　　康拉德其人正如其作品一樣，充滿著尖銳的內在矛盾。康拉德本人的社會實踐和所受文化影響是獨特的，這種獨特性是他選擇主題的基礎。康拉德是一個以全世界為舞臺的作家，他一生所經歷的不同民族文化的對比極深刻地影響了他的思想。本文將逐一討論他的作品主題中三對主要對立因素，然後試圖用不同民族文化的影響來解釋他所選擇的主題與他的生活實踐的關係。

　　康拉德的作品有多種分類法。比較流行的以寫作時間為序的「縱

1　J. I. M. Stewart, *Eight Modern Writers*, Oxford University Press, 1963, p.184.

向分類法」認為從《阿爾邁耶的愚蠢》（1895）到《颱風》（1903）是康拉德向縱深邁進的時期，即所謂「深淵中的漫步」時期。從《諾斯特羅莫》（1904）到《勝利》（1914）著重刻畫人的心理，強調人的悲觀情緒，評論家稱為「空虛的人」時期。從《陰影線》（1915）到《流浪者》（1923）是「回憶與總結時期」。還有人把康拉德的著作分為「主題小說」（如《吉姆爺》），「情節小說」（如《特務》）和「心理小說」（如《在西方眼睛下》）等等。這些分類法都有助於我們瞭解康拉德作品的全貌，有一定的參考價值。但這些分類偏重形式而忽略了康拉德的思想及其內在意義，更難於使康拉德的創作與實踐掛上鉤。用上面提到的三條主題線索討論康拉德的創作可以使我們對康拉德的著作及其本人的思想乃至兩者的關係有一個比較系統和深入的認識。

我們可以依據這三條線索來把他的作品分成三組：

表現陸與海的對立的主要著作有：《水仙號上的黑傢伙》（The Nigger of the "Narcissus", 1897），《吉姆爺》（Lord Jim, 1900），《颱風》（Typhoon），《山窮水盡》（The End of the Tether, 1902），等等。

表現文明與原始的對立的主要著作有：《黑暗的中心》（Heart of Darkness, 1902），《阿爾邁耶的愚蠢》（Almayer's Folly），《勝利》（Victory），《進步的前哨》（The Outpost of Progress, 1896），等等。

表現西方與俄國的對立的主要著作有：《特務》（The Secret Agent, 1907），《在西方眼睛下》（Under Western Eyes, 1911），《羅曼親王》（Prince Roman, 1911），等等。

康拉德另有名著《諾斯特羅莫》（Nostromo），背景是中美洲，但這本書中極少有中美洲的事物。它基本上是康拉德的自傳和他以前小說中人物的綜合。三對主要對立因素在這本書中都有所表現。

任何作品本身都是存在著矛盾的，在一般情況下，用對立統一規律來評論作品是應用了一種分析方法而不是對作品本質有了新發現，

但康拉德是自覺地用矛盾的一方來補充另一方，有意使雙方互相映襯，而且，他所關心的問題又比較集中，所以我們用幾條矛盾之線把康拉德的著作串起來是有特殊意義的。顯然，康拉德有些著作在表現這些主要對立因素時不如另一些著作典型，我們在舉例說明康拉德的主題思想時不得不略去康拉德的一些感人至深的作品，但這並不說明這些作品與上述三對主要對立因素無關。

下面逐次舉例說明康拉德作品中的陸與海、文明與原始、俄國與西方這三大主題，以及康拉德是如何表現這些主題的（這裡將多少涉及一些創作手法的問題）。最後將討論這三對對立因素與康拉德本人的獨特社會實踐──在四大民族文化區的經歷──之間的關係。

水仙號上的虛與實
──《水仙號上的黑傢伙》

　　本章從特定的角度分析康拉德作品的主題從而提出這些論點。當然，人們完全可以從另外的角度觀察康拉德的作品，從而得出其他結論。

　　康拉德是「最偉大的寫過小說的藝術家」（H‧L‧門肯語）。他是一個用外語寫作的勞動者（海員）。他成功地把社會問題、民族矛盾、人物心理、異國情調和海洋交織在一起，創造了一種雄壯、悲涼的氣氛。他寫海，他自己就是海。我們應該讀他的哪些書呢？「全部」（A‧紀德語）。讀他的書是一種享受，當我們屏氣凝神，拉開他的作品的帷幕時，我們將立刻發現，他在許多方面是無人能及的。

　　《水仙號上的黑傢伙》有極高的思想和藝術水準，在這本書裡，康拉德採取了獨特的「虛實相應」的手法來表現他對「陸與海」的關係的總看法。康拉德認為自己憑這部書或站住腳或垮臺，並且以罕見的自信稱這部書為文學史上的里程碑。

　　《水仙號上的黑傢伙》的情節很簡單：十九世紀時，一艘名為「水仙號」的帆船從印度取道好望角到英國去。出發前，船上來了一個黑人新水手，名叫詹姆士‧韋特。他一上船就病倒在床，以後對整個航行沒有作出任何貢獻，卻處處表現出「暴躁和怯懦」。沒有人知道他是真病還是懶惰。在航行中，有人照顧他，有人鄙視他，但多數人認定他是不祥之物，因而害怕他。最後，韋特死在船上，海員們為

他舉行了水葬，韋特的屍體剛一掉進海裡，海面上就刮起了一陣怪風，此後一切正常，「水仙號」抵達英國，海員們登陸後四散而去。

由於韋特的出現，「水仙號」上籠罩著一片蕭殺、淒涼和大難臨頭的氣氛。康拉德說過：「它（水仙號）看起來很美——但人們又宣告它在劫難逃。」[1]這劫數就是韋特。他一上船就宣稱「我屬於這條船」，結果這條船反而屬於了他。他躲在船艙裡，企圖避開一切人，但人人與他有關。他的呻吟詛咒令人毛骨悚然，但他分明不會直接傷害任何人。他的重要性不在於他做了什麼，而在於他什麼也沒做。他的威脅只存在于其他海員的想像之中，而不是在他本人的言行裡。這顯然不是十九世紀的「主流作家」狄更斯、薩克雷等人筆下的社會人物。這種獨特的形象激起了評論家的巨大興趣，評論《水仙號上的黑傢伙》成為解釋韋特的意義，結果，有多少康拉德評論家就有多少韋特。

瓦納·楊說他代表「人的下意識」[2]；阿爾伯特·J·傑拉德說他是「死」的象徵[3]；莫頓·D·紮貝爾說他是「大家都終將遇到」的「普通人」[4]；亞瑟·西門獨排眾議，不過他的說法未免過於省事——《水仙號上的黑傢伙》「根本沒有象徵意義」[5]。韋特的名字（Wait）也被解釋成「等待」（Wait）或「負擔」（Weight）。

這些評論的出發點，都是把韋特當成了十九世紀小說中的「主角」，因而是全書的表現中心。其實，韋特的作用不在於表現，而在

1　J. Conrad, *To My Readers in America, The Nigger of the "Narcissus"*, Doubleday, Page and Co. p.14.

2　V. Young, "Trial by Water", *Accent*, XII (Spring 1952), pp.67-81.

3　A. J. Guerard, "The Nigger of the 'Narcissus'", The Konyon Review, XIX (Spring 1957), pp.205-232.

4　R. W. Stallman, *The Art of Joseph Conrad*, Michigan State UniversityPress, 1960, p.128.

5　R. W. Stallman, *The Art of Joseph Conrad*, Michigan State University Press, 1960, p.128.

於檢驗。康拉德自己說過：「但是在書中他什麼也不是，他只是
（merely）船上的集體心理中心，行動的樞軸。」[6]康拉德並沒有描繪
韋特的客觀特徵，他「只是」海員們的「心理中心」，海員們根據不
同的角度對他作出了不同的判斷。

　　韋特是虛的，而海員（以及海）是實的，「虛」是為了襯托出
「實」。全書的真正中心是海員與海，康拉德曾設想把這本書命名為
《海洋的孩子們》，儘管康拉德最後含蓄地用《水仙號上的黑傢伙》
為這本書命名，但他沒有忘記在書名下加上一個小標題──「關於我
在海上的朋友們的故事」。韋特只是一塊試金石，他的作用是檢驗出
海員們的心理狀態，進而表現出康拉德獨特的對「陸與海」的關係的
總看法。

　　在物理學中，人們為研究物體的運動，往往在空間假設一個靜止
點作為參照物，以觀察其他物體對於它的位置變化，而這個點本身並
不是研究物件。韋特就是這樣的「參照物」。韋特的名字在船員名冊
上只是「模糊的一團」，他的實際含義在每個海員的想像中各不相
同，把這「模糊的一團」看成具體的人物將把康拉德的匠心化為烏
有。比如：如果我們在韋特的膚色問題上盤桓不前或在他的海員的社
會身份上大做文章，《水仙號上的黑傢伙》的特色就將喪失殆盡。

　　康拉德賦予韋特海員身份，只是為了使他能在「水仙號」上佔有
一席之地，不是為了考察他作為海員和其他船上人員的相互關係。他
不懂（起碼沒有表現出來懂）航海技術。他所具備的唯一的海員特徵
是身體健壯，可是他連自己的行李都懶得提。在韋特看來，包括船長
在內的全體船上人員是一個與自己對立的整體，韋特並不因人們的社

6　J. Conrad, *To My Readers in America, The Nigger of the "Narcissus"*, Doubleday, Page and Co. p.9.

會身份和對自己的不同態度而對每個人區別對待。他顯然沒有，也不願意滲入船上的社會生活。韋特與海是格格不入的。

康拉德讓一個黑人擔當這個「參照物」，只是為了強調其虛構性、夢魘性和異己性，強調他與叢林的聯繫，在藍色的海、白色的月和黝黑的船艙的掩映下，他是一團飄忽不定的黑色的神秘陰影，他身上沒有絲毫黑人的典型性，所以瓦納·揚的說法是對的：「把詹姆士·韋特看成是康拉德種族沙文主義的表現是錯誤的。」[7]

但我們的任務不是研究韋特，而是通過他發現通向更廣闊的意義的線索。康拉德創作思想的主線之一是探討海洋與陸地的對立，韋特的出現也是為這個目的服務的。

海是人們勞動的物件，是自然力的象徵，它無情、莊嚴而偉大。

> 「他（老水手辛格裡頓）看著不朽的大海，朦朧意識到它的無情力量；他看到大海在群星的永恆俯視下黑沉沉的，一動不動，上面浮滿泡沫。」[8]

J·伯斯奧得在評論《水仙號上的黑傢伙》時說：「海洋在人類關係方面保持了莊嚴的中立……人不能把海據為己有；他只能為它工作……人們不能為自然力直接工作，只能通過為此而設計的器具來達到這一目的，從文中可以看出，這一器具當然是船了。」[9]這也就是說，人通過勞動工具（船）與勞動對象（海）相聯繫，這是一個莊嚴、豪邁和純樸的過程。海員是實體，大海也是實體。正如馬克思所說：「勞動首先是在人與自然之間所進行的一切過程，在這種過程

7　R. W. Stallman, T*he Art of Joseph Conrad*, Michigan State University Press, 1960, p.113.

8　J. Conrad, *The Nigger of the "Narcissus,"* Doubleday, Page and Co. p.99.

9　J. Conrad, *The Nigger of the "Narcissus,"* Doubleday, Page and Co. p.99.

中，人憑他自己的活動來作為媒介，調節和控制他跟自然的物質交換。人自己也作為一種自然力來對著自然物質」[10]。作為自然力的人和自然結合成一體，雄渾壯闊，和諧默契。但一個陰影夾在兩個實體之間，破壞了這種聯繫的神聖性。這個陰影就是詹姆士・韋特。

在海的面前，海員們「合」，在韋特面前，海員們「分」。在與風暴搏鬥時，海員們表現了人們在生死攸關時凝聚在一起的團結、勇敢和忍耐——緊張、疲勞但激昂奮發。風暴一過，人們與垂死的韋特的關係又突出起來：恨、懼、憐各自或同時抓住了每個海員的心。人心被擠壓和扭曲，自私、孤獨以及憂懼等感情從心底流露殆盡。

這樣，我們就逼進了韋特的實質。他是虛的心理樞紐，但有實的社會背景。他是抽象的，但我們知道，任何抽象都是萬千具體事物的凝結。在康拉德看來，海是純樸的，是勞動的物件；陸是複雜的，是苦難的根源。韋特顯然是陸上叢林裡來的異己分子，他不屬於海，身上沒有一點海的氣味。這樣的人物具備了一種罕見的價值。他的價值在於他是一個衡量其他海員的尺度，是確定陸與海、社會與自然相互關係的座標。海員們心頭有一種來自社會生活的「不安全感」，面對蒼茫的大海，這「不安全感」更加具有一種似乎虛幻的悲壯色彩。韋特對船員的心理威脅是「陸上社會矛盾」的抽象集合。因為任何心理問題都有其物質基礎，所以任何「虛」總要最終落在「實」上。韋特表現的是普遍矛盾，但普遍矛盾是特殊矛盾的綜合，韋特不過是陸上千千萬萬具體社會現象投向大海的陰影的焦點。康拉德把人類的普遍痛苦「物化」成為韋特。我們之所以說他「虛」，就是不把他當做某種單一的心理現象的代名詞（如我們不同意瓦納・揚的「下意識」說，傑拉德的「死亡」說），取消他「典型形象」的資格（如從膚色

10 馬克思：《資本論》第1卷（上），頁201-202。

問題的糾葛中解脫出來），從而在更廣闊的範圍內研究「實」的普遍性和「虛」的深刻性。

韋特的「虛」不止與海員和大海的「實」相衝突，還與陸上的「實」相呼應。康拉德在書的結尾含蓄然而堅決地點明瞭此點。

一位水手早就預言：只有在陸地出現時韋特才會死。結果，當目的地在望時，韋特死去了。海員們為他舉行了水葬，屍體剛一落進大海，一陣陰森的冷風騰空而起。這柯勒律治式的場景意味著事情並沒有到此完結，一位老水手令人毛骨悚然地說：「這風是為韋特刮的」。[11]果然，在書的結尾，海員在上陸後又碰到了韋特在大陸上的對應物：

天上的陽光慷慨地照射在大地的泥土上，照在貪婪的自私上，照在健忘的人們焦慮的臉上。在這黑乎乎的人群右邊，造幣廠大廈突兀而立，在光線的洗刷下，顯得眩目慘白，仿佛神話中大理石的宮殿。「水仙號」的船員們走出了視野……

韋特說過：「我屬於這條船。」[12]正因為康拉德用他來代表一種普遍性的矛盾，一種綜合的心理壓力，所以他對海員來說是無所不在的。他不只屬於這條船，他還屬於整個世界，他的威脅並不因他的葬身滄海而消失，也不因海員的離船登陸而匿跡。在這裡，造幣廠顯然與韋特有著獨特的內在聯繫，造幣廠是大英帝國的驕傲，康拉德分明把它當作了「陸上勢力」的砥柱，其慘白堅實正好與韋特的黝黑飄忽遙相呼應。於是我們有了雙重的「虛實相應」，一個是前面提到的韋

11　J. Conrad, *The Nigger of the "Narcissus"*, Doubleday, Page and Co.　p.160.

12　J. Conrad, *The Nigger of the "Narcissus"*, Doubleday, Page and Co.　p.172.

特與海員及海之間的衝突，一個是這裡的造幣廠與韋特的呼應。這樣反反復複，虛虛實實，資本主義社會中人們所承受的巨大的心靈痛苦得到了最大限度的披露，陸與海衝突的脈絡顯得格外分明。

康拉德對陸地的痛恨和對海洋的熱愛，在他的許多著作中都有體現，但在《水仙號上的黑傢伙》裡表現得最突出。大陸處在「醜惡和污穢的領域裡」，處在「骯髒、饑餓、悲慘而又奢侈的疆界中」。「這疆界從四面八方伸展到不朽的海洋之濱」。毋庸置疑，康拉德用海與陸來區分純潔與齷齪、勞動與壓迫是不科學的，他顯然不自覺地把人與人之間的生產關係對人與自然之間的生產力的不適應誤會成陸上生活與海上生活的對立。於是「陸對海的壓迫」成為社會對自然的歪曲。對於一生與海洋為伴，以征服海洋為他所從事過的唯一體力勞動形式的康拉德說來，產生這種思想是情有可原的，但地理概念對社會關係的這種滲透是完全建立在康拉德個人的獨特生活經歷上的，這比起巴爾扎克之區分巴黎和外省，或福克納之區分北方和南方，更缺乏政治經濟學依據。

為了達到震撼人心的藝術效果，康拉德充分調動了視覺作用，從而把讀者移置到水仙號上去分享它的命運。洛慈在《小宇宙論》第五卷第二章中說：「我們的想像每逢碰到一個可以眼見的形狀，不管那形狀多麼難駕馭，它都會把我移置到它裡面去分享它的生命。」正因為如此，康拉德千方百計使讀者眼見他的「水仙號」的航行，他自己說得十分明白：「我要完成的任務是，用文字的力量使你聽到，使你感覺到——更重要的是使你看到。這就是一切，沒有其他。如果我成功，你將有各種不相同的感受：鼓舞、安慰、恐懼、陶醉等等你所要求的一切，你還將瞥見你所忘記要求得到的東西——真理。」[13]這幾

13　J. Conrad, Preface to *The Nigger of the "Narcissus"*, Doubleday, Page and Co. p.6.

句話成為名言，被許多文藝理論家反復引用。這種以視覺作用為主的描寫手段是與康拉德虛實相應的創作方法相適應的。

鏡頭在「水仙號」揚帆之始就牢牢地盯住韋特。他安靜，冰冷，高大，健壯。海員們全都走過來站在他身後，他比最高的海員還要高上半頭。這裡韋特的外貌似乎還清晰，隨著「水仙號」的前進，韋特的形象反而模糊起來，他往往逃出視線，只在甲板上留下一片呻吟詛咒。評論傳統的現實主義小說所慣用的辭藻「性格的發展」、「形象愈發飽滿」等等，在這裡完全不適用。詹姆士·韋特閃現了一下之後，讀者或者說「觀眾」——如康拉德所希望的那樣——眼前只留下一片黑糊糊的輪廓。其形象越來越抽象，韋特對於「水仙號」命運的影響只存在于海員們的想像之中，他沒有做過一件實際危害船員的事情。這種「欲擒故縱」的手法旨在塗出一片含混陰沉的背景，以便在這神秘黝黑的參照物上勾勒出「陸海對立」的鮮明圖畫，達到以虛映實的視覺效果：被海風鼓滿的白帆，海員古銅色的臉龐，造幣廠雪白的大理石牆壁等等，都在讀者面前顯現得一清二楚。韋特的不清楚的形象，反而加深了讀者的印象。「意蘊並不在於物件本身，而在於所喚醒的心情」（黑格爾語）[14]。我們在前面討論過，康拉德塑造韋特不在於描寫一個社會人物，而在於構成對海員的心理威脅，正如康拉德所說「如果成功」，這種「意蘊」還是要以在讀者心上產生種種不同的心情為終結。海員們形象的清晰和韋特形象的含混，其另外一重目的在於使讀者同情「明確清楚」的一方（海員），而不是「飄忽含混」的一方（韋特）。海員成為讀者的代表，最後讀者自己也被不知不覺地夾在了大海與韋特之間。

為達此目的，鏡頭不斷地在海與韋特這兩個場景之間搖出搖入。

---

14 朱光潛：《西方美學史》（北京市：人民文學出版社，1979年），頁600。

當暴風雨來臨時，康拉德著意給了堅守崗位的老舵手許多特寫，畫面清晰真切，鏡頭處處落在實處。暴風雨過去，鏡頭又轉向韋特的艙房，陰鬱的場景再次出現，這時的畫面又是飄忽隱晦，鏡頭處處落在虛處。在大海與韋特輪流與海員發生聯繫之餘，康拉德還反復加入了「水仙號」在水天一色的海面上揚帆而行的身姿，把它形容成在萬頃波濤上乘風浮動的「金字塔」，這是虛實轉換中的調整，作者借此取得了迴旋轉動的餘地，讀者得到休息和準備的機會。在韋特死後，鏡頭死死地瞄住炫目的慘白的造幣廠大廈，「水仙號」的航程到此結束，鏡頭終於追不上四散而去的海員，然而韋特的陰影仍舊存在，陸對海的壓迫，「社會對自然的歪曲」並沒有隨韋特一起消失。

　　為了從不同的方向觀察「水仙號」上的一切，故事的講述者的身份不斷地變化。敘述者有時像卓然獨立的第三者，有時又以「水仙號」上成員的身份自稱「我」或「我們」。康拉德讓讀者離「水仙號」足夠遠，以便看清它；又離它足夠近，以便同情它。敘述者可能是局外人，也可能是「水仙號」上的任何海員，唯獨不是韋特，因為韋特是作為虛構的心理中心而存在的，是堵在人們心中的非我的未知力量的代表，所以人們拼命想把他看個究竟。

　　對於評論家來說，康拉德是最難以捉摸的作家之一，人們可以說他是有現實色彩的浪漫作家，或者是有浪漫色彩的現實作家，或者說他是獨樹一幟的新道路的開拓者。在《水仙號上的黑傢伙》裡，康拉德的高超之處就是創造了一個韋特，這個韋特和康拉德自己一樣撲朔迷離，難以捉摸。評論家拖著韋特在政治經濟學、心理學和哲學等許多領域上奔騰馳騁，從而得出種種具體翔實的結論。但這些結論都不能代替文學形象韋特本身。文學是不能用其他學科代替的。

　　韋特將作為一個獨特的形象，在世界文學畫廊上佔有突出的位置，召喚每一個時代的評論者做出新的探索。

沒有陸地的海洋

──《颱風》

　　《颱風》在康拉德的著作中特別重要，一種明朗的氣氛在這裡陡然而起，充分表現了康拉德創作的多樣性。

　　一年冬天，「南山號」船長馬克惠[1]奉命將二百名中國苦力從南洋運到福州去，路上「南山號」遇到颱風，大副要求轉向，但船長卻堅信，對付颱風最有效的辦法就是直穿過去。颱風降臨，「南山號」迎著颱風勇敢前進。最後水手們終於戰勝了颱風和船上的騷亂。在一個晴朗的早晨，傷痕累累的「南山號」到達了目的地。

　　假如從康拉德的著作中選出幾篇來表現他二十年的海洋生活，只有《水仙號上的黑傢伙》和《颱風》最為適合。海是康拉德的理想和神祇，通過海，他與世界最崇高的感情溝通了。無邊無際的大海在翻騰，這位海員藝術家的思想也在翻騰。海使他忘記一切，又使他想起一切。海水的腥味浸透了他的作品，因為那鹹水是他生命的飲料。莊嚴神聖的巨人康拉德，領著我們駕駛「水仙號」和「南山號」接受大自然的洗禮。我們聽得見整個宇宙的騷擾，看得見天接雲濤，海霧驟起。舷外，時而是激狂的音樂，時而是和諧的舞蹈，無窮的自然變化

---

[1]　「南山號」的原文是Nan-shan。據袁家驊說這是漢語或暹羅語的音譯。此船名也曾出現於康拉德的《七島的芙麗亞》（Freya of Seven Isles）中。據R・克爾（Richard Curle）說，《颱風》故事與John P. Best號有關。但康拉德與該船發生實際關係的時間地點未考。又，1887年，康拉德在「佛萊斯特高地號」上當大副，船長約翰・馬克惠（John Mcwhirr），大概就是書中馬克惠的模特兒。

永無止境；舷內，時而是莫測的人群，時而是起伏的心濤，世態炎涼在一葉扁舟上細細描出。海水沖上船弦，鐵錨深繫海底，海員與海結合在一起，自然與社會在互相影響，人和宇宙在彼此交融。《水仙號上的黑傢伙》和《颱風》在這裡可以說是描寫大海的姐妹篇。

康拉德自己認為，如果按題材分類，《水仙號上的黑傢伙》和《颱風》都不妨說是寫暴風雨之作。但這兩個暴風雨又有很大差別，表現手法乃至主題都有所不同。《水仙號上的黑傢伙》裡的風暴好像一幅潑墨山水畫，沉鬱、暗淡、滯重，線條虛中帶實。韋特是陸上壓迫和醜惡投射到海洋上的陰影，他從艙下發出的呻吟是鯁在海員與海之間的骨頭。而《颱風》的風暴好像一幅七色水彩畫，鮮明、輕快、迅捷、明朗，全船找不到陸上的陰影。如果說「水仙號」上有死神的低吟，那麼「南山號」上卻有一隻玉色蝴蝶飛舞在眺望台、儀錶室、機器房乃至整個海空。儘管海員們的生命處於危險之中，但這種死是明白的，不過是對純潔的自然的回歸，好似在來自社會的看不見的恐懼中掙扎。《颱風》表現的是純潔的勞動和人對自然的征服，它表現的是力，是海員與大海的力量的合奏。沒有陸上社會的壓迫，「水仙號」上的陰慘氣氛就一掃而空了，生活儘管充滿困難，但活下去是值得的，因而奮鬥也是值得的。

正如 F・R・利維斯所說的，「現在是問這個問題的時候了：在什麼地方可以發現最純潔的力量？我認為《颱風》是最好的例證。」[2]這力量的體現者就是海員。

世紀之交的海洋正是氣象萬千，裝上了蒸汽機的輪船雄姿勃勃，給我們的星球帶來了新的面貌，而海員是與最先進生產力結合的新時代的英雄。大自然發怒時是可怕的，當一座座巨浪的山峰向南山號上

---

2 F. R. Leavis, *The Creat Tradition*, Chatto and Windus, 1948, pp.182-91.

壓來時，船上也曾出現一片恐慌。人們逃進艙底，乞求有一盞燈來照
亮生命的最後一刻，但海員們並沒有放棄鬥爭，而是以力相搏。血氣
方剛的大副，堅守崗位的舵手都是典型的硬漢子。

　　書中最生動的人物是馬克惠船長。他航行在海洋的表面，就像有
些人無憂無慮地打發日子，最後悄悄地沉入平靜的墳墓。他懂得大
海，但始終沒有懂得生活，也沒有機會看見生活海洋裡的一切陰險和
怨恨。R‧P‧華倫因為馬克惠「缺乏想像力，看不見在可怕的事物
後的真正的恐懼，」所以把他劃為康拉德筆下三種人的第一種──自
然人（三種人是：自然人、罪人和贖罪的人）。[3]馬克惠船長與《諾斯
特羅莫》中的米切爾船長和堂‧貝貝同屬於一個類型。其實，生為這
種人未嘗不是一種幸福，沒有被陸地上陰謀、虛偽和野心污染的純真
的靈魂，是康拉德謳歌的對象。這與我們後面要談到的康拉德對生活
在原始狀態中的人的尊崇是一個意思。

　　康拉德愛海，更愛海員。他什麼都談過，唯獨沒有涉及過一個敏
感的知識份子在「粗俗」的群眾中的內心體驗，而這種體驗本是幹過
幾年體力勞動的一些知識份子的老生常談。康拉德與海員是融成一體
的。他說過：「我所有的道德的和理智的生命都被一個牢不可破的信心
滲透了。那信心是，凡來到我感覺領域以內的一切，決逃不出自然界
以外去，所以無論如何特別，本質上同看得見、摸得著的世界裡的一
切事物的影響都不能分離，我們便是這個世界裡自覺的一部分。」[4]
康拉德的世界有二十年是由海和海員組成的，他是其中自覺的一員。
他從來沒有另一位當過海員的作家傑克‧倫敦的痛苦。傑克‧倫敦的
人物曾由於置身海洋而痛苦（《海狼》），後來又由於不能回到海員中

3　R. P.Warren, *Introduction to Nostromo*, Modern Library Edition, 1951, p.5.

4　J. Conrad, Preface to *The Shadow Line*, p.3.

去而絕望（《馬丁‧伊登》）。在海上，康拉德感到有力量，他的佈滿創傷的心靈在海水的衝擊聲和海員的吆喝聲中得到安慰。

描寫海和海員是康拉德的本行，他說過「人們靠一種很專門的職業掙麵包，總愛談他們自己的本行，一則因為這在他們的生涯裡最富濃烈生動的趣味，再則他們對於別的問題知道的也不多。他們實在也沒有工夫跟旁的問題打交道了。」[5]《颱風》正是康拉德對他本行的集中描寫，沒有涉及海洋生活以外的任何東西。

康拉德一向是把對立因素的雙方都寫進書裡的，但這次他似乎只寫了矛盾的一方。他寫了沒有陸地的大海。但是在與《水仙號上的黑傢伙》比較之後就可以發現，沒有陸上陰影的籠罩、大海可以呈現出一幅瑰麗的景色，這更反襯出在康拉德心目中陸與海的對立是多麼尖銳。因而《颱風》是一本極其重要的書，但不是一本獨立的書，只有在與康拉德的其他著作比較之後（首先是《水仙號上的黑傢伙》，此外，還有《陰影線》《秘密的夥伴》等），人們才能認識到它在表現「陸與海」主題方面的價值。

5　J. Conrad, Preface to Typhoon，《颱風及其他》序，袁家驊，商務印書館，1937年。

黑暗中的文明與原始
──《黑暗的中心》[1]

　　泰晤士河口是《水仙號上的黑傢伙》的終點，又是《黑暗的中心》的起點。

　　某汽船從倫敦出發，到達非洲，它沿著剛果河深入非洲的荒林莽原。一路上，船長馬婁不斷聽說非洲腹地有一個叫庫爾茲的白人代理商脫離了「文明世界」，與土著混在一起，土著把他奉若神明，尊為領袖。馬婁對這個人產生了極大的好奇心，千方百計想見到他。馬婁歷盡艱險，終於見到了庫爾茲。這時庫爾茲已經生命垂危，不久就死去了，死前連呼「太可怕了！太可怕了！」

　　《黑暗的中心》具有「歷險故事」的全部外在標誌──恐怖神秘、異國風光、逃跑、追蹤、伏擊等等。但康拉德不囿於表面題材本身，而是借助「懸念」，在更深的層次上表現內在的思想內容。這一懸念就是庫爾茲。但評論家公認故事的主角是馬婁。馬婁深入黑暗神秘的非洲大地，在與自己對立的自然與社會環境中向著反復耳聞但未曾目睹的目標前進，旨在在「黑暗的中心」發現理想的人物。維吉爾說：「真理隱身於黑暗之中」（obscuris vera involvens），馬婁成為「尋找聖杯的騎士」，在黑暗中「追尋」真理。

　　「追尋」自古以來就是一種強烈的感情，在文學中表現為「追求式」（Quest）。在詩歌上，追尋常為抽象的悲涼之聲：李清照的「尋

1　《黑暗的中心》又譯《黑暗的心》《黑淵》等，根據內容以譯成《黑暗的中心》較好。

尋覓覓」、屈原的「吾將上下而求索」，是作者用抽象的追尋來表達內心的悲涼。在小說方面，追尋常表現在具體的旅途上，即所謂「路的主題」（road motif）。如 J・班揚的《天路歷程》，吳承恩的《西遊記》等。這裡，目標達到之日，即追尋結束之時。《黑暗的中心》是詩歌化了的小說，康拉德在這裡結合了詩歌和小說兩種追尋，具體與抽象渾然一體。正因為如此，詩人 T・S・艾略特才從《黑暗的中心》裡汲取了靈感。

馬婁對自己追尋的目標有時不甚了了，他只是覺得自己沿著剛果河，向著「太初的混沌」前進。不管馬婁自己是否意識到，他實際上是在追尋原始。庫爾茲找到了，馬婁的具體目的達到了，但馬婁感到極大的不滿足。庫爾茲不是理想中的處於原始狀態中的隱士，而是搶掠村落、獵取象牙、騙取土著崇拜的「暴君」。

實際上存在著兩個庫爾茲，一個是馬婁心目中理想化了的庫爾茲，一個是實際上墮落了的庫爾茲，馬婁行程的結束就是兩個庫爾茲的合一，馬婁目標達到的結果就是目標本身的消失。浪漫與現實相逢的結果真是「太可怕了」（這句話分明是庫爾茲替馬婁說的）。

馬婁溯剛果河而上，回到了原始的「黑暗」之中。人越向河流深處去，越感到回到「太初般的混沌」。馬婁在原始與文明的衝突中，或西方（歐洲）與東方（康拉德在這裡把非洲文化和馬來等亞洲文化視為一個範疇）的衝突中反觀西方文明。正如 G・格林所說：「在這裡，你可以反過來衡量文明的價值。」[2]

馬婁之行揭示的最重要的一點是，在歐洲有意義的事在非洲不復有意義了。鐵路本是文明的先鋒，在這裡卻成為與環境極不協調的盲目的怪物：火車仰面躺在地上，輪子伸到空中，鍋爐埋在草叢中。如

2　R. W. Stallman, *The Art of Joseph Conrad*, Michigan State University Press, 1960, p.178.

果說歐洲的機械產品在這裡變了形，歐洲的詞彙在這裡也改變了內涵。「敵人」是黑人的代用語，「犯人」是土著勞工的同義詞。「黑暗的中心」——非洲大陸確實是太可怕了，但這種恐懼不是來自非洲本身，而是來自歐洲「文明」對古老大陸的侵擾。這種思想在康拉德以馬來地區為背景的小說中也反復出現。

評論家喜歡把馬婁之行比做下地獄。弗德把這部書與維吉爾的《伊尼德》（Aeneid）中的地獄做比較[3]，伊萬斯說康拉德在仿效但丁的《地獄篇》（Inferno）[4]。最奇的是，斯泰恩說黑暗的中心就是「佛教的陰曹地府」。[5]

「黑暗的中心」的可怖景色比地獄有過之而無不及：黑人被歐洲人用鎖鏈鎖起來分成小組，在被苦工和饑餓折磨得筋疲力盡時就自己爬到等死的場所，在那裡慢慢地死去。「他們現在不是人間的任何東西了」，他們只是疾病與饑餓的黑影。

但同時，黑人與環境結合得天衣無縫，而白人是不協調的異物，是「不真實」的。庫爾茲一方面追求古老的質樸，拒絕回到文明世界，一方面又企圖把「文明」強加給黑人，不願真的與黑人相結合，其結果是自己的墮落。他不但背叛了土著而且背叛了人性本身。因為他奪取了土著的生存意志和尊嚴，他把土著引誘到了痛苦的陰影中，在這樣做的時候，他自己也成了陰影。

在康拉德看來，非洲人要比文明人高尚得多。在剛果河駕舟行駛的黑人與周圍的環境協調契合，身心健康，與殖民者的蒼白贏弱形成尖銳對照。顯然，康拉德之所以在文明與原始的比較中左袒原始，不

3　*Nineteen—Century Fiction*, IX (March, 1955), pp.280-92.

4　*Modern Fiction Studies*, IX (May, 1956), pp.56-62.

5　*University of Toronto Quarterly*, XXIV (July, 1955), pp.351-58.

只有著反對殖民主義的因素，還有著深沉的對原始本身切切實實的
尊敬。

　　馬婁不遠萬里來到非洲接受原始的洗禮是對大自然的回歸，也是
對人類本身最深意義的嚮往。那些天空泥土和陽光互為融合的精神國
度不是喧囂的文明所能取代的。康拉德在英、法等「文明的中心」巡
禮之後，發現了原始中的「真實」。康拉德對原始的自然非常熱愛，
大海森林都是他謳歌的對象。他發現文明人被剝奪了自然，所以空談
愛自然。而非洲人無所謂熱愛自然，他們自己就是自然。原始對康拉
德說來代表人類失去的童年，馬婁的追尋就是重溫這失去的童年。同
樣，在康拉德的第一部小說《阿爾邁耶的愚蠢》中，白人阿爾邁耶的
馬來人妻子拒絕接受白人的生活方式，混血女兒與人私奔。當時馬來
半島上分佈著荷蘭人和英國人，但對於康拉德來說是戰敗者而不是戰
勝者更值得同情，更引人入勝。文明的勝利是表面的，原始的勝利才
是本質的。

　　在康拉德所處的十九世紀末葉的歐洲社會裡，人自己與自己分裂
了，想像力和思考力也發生衝突。人類本性和它那種公開地、斷然
地、全面地否認這種本性的生活狀況相矛盾，這就是馬克思所說的
異化。

　　當然，康拉德並不主張完全拋棄文明，他對原始的感情也是複雜
的。那無與倫比的美的下面也奔突著殘忍和神秘的力量。已進入文明
的人們，似乎難以重溫自己的童年之夢，於是，這不可知的黑暗「使
人著迷也使人厭惡，令人愛恨交錯」。任何拋棄自己固有環境進入未
知世界的人們，都不可能聽不到自己過去生活的呼喚。庫爾茲拒絕回
到文明世界的結果是自己的墮落，他不可能和黑人一樣在原始中享受
寧靜。康拉德自己也隱隱地感到從原始到文明的發展是必然的。馬婁
的航程是從泰晤士河駛向剛果河，但人類的發展正好相反。生產力的

發展和由此產生的生產關係的變遷是永不會回頭的。因而書中反反復複提出「真實」還是「不真實」的問題。

但是，儘管資本主義社會與原始社會相比是進步的社會形態，但它本身有著對人的本性的歪曲，內部生長著否定自我的因素。馬克思在研究人類發展史時，也重點考察了原始社會的狀況。他把原始社會與資本主義社會比較之後，斷定公有制將再次在人類歷史中出現，在高級形式上再現原始社會的某些特點，認為「人類的童年有著永久的魅力」。所以康拉德對原始社會的嚮往也不能斷然視為一種要歷史倒退的觀點。

在《黑暗的中心》裡，康拉德觸及了人類最古老的秘密，在原始和文明的交錯中發現了震撼人心的奇觀，這就是《黑暗的中心》為什麼成為英國所有非洲「探險」故事中最深刻的一部的原因。

幾年前，由美國米勒斯編劇，科波拉導演的電影《現代啟示錄》（Apocalypse Now）轟動一時。這部電影的背景是越南戰爭，但它從時間上和空間上都超越了表面題材本身，直接從康拉德的《黑暗的中心》裡汲取了靈感。《現代啟示錄》不但再現了庫爾茲的名字，而且還讓他連呼「太可怕了」。因為 T・S・艾略特的《空心人》這一標題本身就是取自《黑暗的中心》，所以影片中還有整段背誦艾略特《空心人》的場面。顯然編導試圖把《現代啟示錄》編成一部哲理片，但為了票房收入又不得不加上《綠色貝雷帽》（The Green Berets）式的立體戰爭的宏大場景，最終該片獲得奧斯卡金像獎。但這部片子的最大缺點是沒有抓住文明與原始對立這條線索，從而沒有表現出《黑暗的中心》的本來面目。

穿過陰影線

──《陰影線》

　　1881年秋天，康拉德在「巴勒斯坦號」三桅帆船當二副。第二年
這條船運煤到東方，遭遇到幾次風暴，終於失事燒毀了。後來作者簡
練生動地記敘了這一段不平凡的航行，寫成《青春》（Youth, 1902）。
一群平凡但是意志堅強的水手，面對大自然的威力作生死搏鬥。氣勢
磅礴的《青春》是一曲鼓舞人心的，對青春的活力，對人的勇敢、智
慧、力量的頌歌。

　　《陰影線》是康拉德最佳海上小說之一。其主題比《青春》更為
深刻，著名評論家裡維斯認為它比《黑暗的中心》還要好。故事本身
籠罩著神秘陰鬱的色彩，但結尾是樂觀的。大意是「我」受命擔當一
艘帆船的船長，在航行中遇到重重困難，船似乎被這艘船已故前船長
的陰魂所纏繞。前船長葬在北緯八度二十分，而這道線成為死亡之
線，橫拉在船的前方。最終船駛過了陰影線。「我」又奔向了新的航
程。康拉德是為他心愛的兒子寫的這篇小說，他的兒子當時正在第一
次世界大戰的西線戰場。康拉德還把這篇故事獻給「像他（其子）一
樣在青年時代的初期穿越自己一代的陰影線的人們」。《陰影線》在氣
氛方面與英國詩人柯勒律治的《老水手》頗有異曲同工之處，但康拉
德把克服青年時期的心理困難與穿越陰影線聯繫起來，在世界文壇上
開拓了一個新鮮而有意義的領域。《陰影線》的陰沉氣氛是為康拉德
的鮮明目的服務的。

　　在這篇故事中，康拉德牢牢地把握了神秘與迷信的界線，並沒有肯定前船長陰魂的存在，只是把他作為一個懸念放在全篇的中心。前船長並沒有出現，他的存在全憑大副口頭勾畫。同時大副這一形象本身的意義又全在於襯托那並不存在的已故船長。

　　廚工蘭塞姆是康拉德筆下最正派的人物之一，他在最後辭職與開頭「我」的行為相呼應。全船其他海員雖然沉默，但他們的精神呼喚卻像海底的鳴鐘，響徹整個海空。在真實與幻覺、疾病與健康、過去與未來、使命與困難、生命與死亡的搏鬥中，這「沉默的一群」是穿過陰影線達到勝利的保證。

　　故事裡「我」的心情，可以說是對康拉德本人心理的刻畫，對此，康拉德說：「這篇小說是回憶，是個人的經歷，明白無誤地存在於腦海之中。在當時那種場合下，人們會情不自禁地有那種感覺，對此人們沒有理由感到羞恥。」

　　在渲染大海氣氛方面，《陰影線》與康拉德的其他海上小說不同，這裡「風平浪靜」成為海的力量的象徵，與《水仙號上的黑傢伙》《颱風》中的風暴形成對照。

陰影下的死亡

——《特務》

　　脫離了海洋和異國情調，康拉德依然是偉大的作家。他對俄國與西方矛盾的觀察，使他寫成了《特務》。一次，一個朋友在閒談中告訴康拉德，一個企圖炸毀格林威治天文臺的白癡被自己的炸彈炸成了碎片，不久這個人的姐姐就自殺了。這消息引起了康拉德的巨大震動。他後來追述說：「這個出人意料的消息使我在一分鐘內呆住了，而他又很快轉了話題，談論其他事情去了。」[1]

　　可是康拉德的思緒卻不能轉到別的事情上去，這一分鐘的沉默後來變成了著名小說《特務》：

　　倫敦一個店鋪的主人沃洛克與妻子溫妮和內弟斯蒂維住在一起。他的鋪子是流亡的無政府主義者聚會的地方，沃洛克是俄國大使館和英國警察局的雙重特務。俄國大使館一等秘書弗拉吉米爾為了迫使員警逮捕無政府主義者而指使沃洛克採取破壞行動。沃洛克讓內弟斯蒂維去炸毀格林威治天文臺，炸彈中途爆炸，斯蒂維身亡，溫妮為弟報仇殺死了沃洛克，並企圖和情人無政府主義者奧西本逃到歐洲大陸去，途中奧西本拋棄溫妮，溫妮投英倫海峽自盡。

　　這是一部以倫敦為背景的小說，托瑪斯·曼稱之為康拉德英國化（Englishness）的象徵。儘管書中沒有一字提到波蘭，但它卻表現了極為強烈的波蘭民族情緒，這就是對沙俄的仇恨，這一點比一向不信

---

[1]　J. M. Stewart, *Eight Modern Writers*, Oxford University Press, 1963, p.209.

任俄國的英國人還有過之而無不及。康拉德給這部小說定的副標題是
「一個簡單的故事」。其情節確實不複雜,但它沒有簡單到一部偵探
小說的程度」（歐尼斯特・貝克語）,也沒簡單到「一部驚險小說的程
度」（W・T・韋伯斯特語）。歐文・豪說這是一部政治寓言。的確,
這部書表現了波蘭人特有的反沙俄意識（Polish Russophobia）。但康
拉德並沒有提出波蘭與俄國的矛盾,而是從俄國與西方,特別是與英
國的關係的角度觀察問題。馬克思說過:「應該在英國解放波蘭,而
不是在波蘭解放波蘭」,[2]康拉德的反沙俄情緒在英國變得更敏銳了。

　　俄國的代表是俄國使館一等秘書弗拉吉米爾,他是書中三個死亡
（同時也是三個高潮）的根源——斯蒂維被誤殺,沃洛克被謀殺和溫
妮自殺。弗拉吉米爾是籠罩在書中三個小人物死亡上的陰影。康拉德
在《在西方眼睛下》裡面說過:「只要兩個俄國人走到一起,專制主
義的陰影（著重點為筆者所加）就會伴隨著他們,浸透著他們的思
想、觀點和最細微的感情以及他們的私生活和公開言論——在他們的
沉默上盤旋。」[3]

　　俄國外交官炸毀天文臺的目的就是使輿論大嘩。R・W・斯托爾
曼說得好:「他的使命是摧毀時間和空間。」[4]時間與空間是摧毀不了
的,被摧毀的是三個小人物的生命。情節本身似乎有希臘悲劇的特
徵:這三個人死於一個家庭的互相殘殺。但康拉德在處理這一悲劇題
材時,卻帶有一種自覺的譏諷情調。康拉德自己承認他是從一種諷刺
的手段來處理這一戲劇性的主題的。

2　《馬克思恩格斯選集》第1卷,頁288。

3　Joseph Conrad, *Under Western Eyes*, Leipzig, Bernhand Tauchnitz, 1911, p.114.

4　R. W. Stallman, *"Time and the Secret Agent", Texas Studies in Literature and Language*,
　　Vol I, No.1(Spring 1959). R. W. Stallman, *Joseph Conrad: A Critical Symposium*, Michigan
　　State University Press, 1960, p.236.

　　書中三個人物的死是全書的三個高潮。

　　斯蒂維是文學中常見的「聖潔的白癡」（Holy Idiot），他以能奉姐夫沃洛克之命幹任何事情為最大愉快。炸彈爆炸時他一無所知，這未嘗不是一種幸福。白癡和智者的區別就是白癡只感覺現在，他們不像智者那樣把自己的時間分成兩半，一半用來後悔過去，一半用來憂慮將來。這就與下面提到的《在西方眼睛下》中的拉祖摩夫形成尖銳對比。斯蒂維死得快樂在於他與沙俄的陰謀無關。他對陰謀本身一無所知。他是歡歡喜喜地走向死亡的。

　　沃洛克被殺的一場是所有康拉德評論家必然談到的一段。利維斯說這段描寫是「小說天才最驚人的成就之一」：[5]

　　斯蒂維被炸得粉身碎骨，溫妮知道是沃洛克給了斯蒂維炸彈後決心報復。當天晚上睡覺前，沃洛克像往常一樣向她說「過來」，她像往常一樣走了過去，但「仿佛斯蒂維的無家可歸的幽靈飛附在姐姐身上……刀影向上一閃，又向下紮來，沃洛克先生在刀向下紮來時，還有足夠的時間認出刀和手，還有時間考慮不要碰壞身後的盤子……他手腳都沒有來得及動一下就斷氣了，只是嘟噥了一句『不要這樣』作為抗議。」[6]這是一個喜劇性的場面。

　　沃洛克開始的「過來」和後來的「不要這樣」，說明他對溫妮徹底不瞭解，因而對突然降臨的死亡莫名其妙。沃洛克本人一切都是秘密的——他是秘密的非法商品銷售商、秘密的無政府主義者、秘密的俄國特務、警察局密探。但他始終沒有窺透妻子的秘密，「過來」的這個人不是他的妻子，而是他內弟的姐姐（溫妮是為了給斯蒂維找個家才嫁給沃洛克的）。他不知道抽掉了斯蒂維，溫妮的本質和表像就

5　O. Warner, *Joseph Conrad*, Longmans Green And Co., p.109.

6　J. Conrad, *The Secret Agent*, Leipzig, Bernhand Tauchnitz, p.109.

要合一，此時的她沒有必要再保持「妻子」的身份了。偽裝的拋棄本
身就是滑稽，這種真相大白的滑稽戲演完之日就是演員全部死亡時，
欺騙生活的人終於被生活欺騙了。古羅馬思想家西塞羅說過，「喜劇
是真理的形象」[7]。因而康拉德堅持把沃洛克之死寫成喜劇，他要揭
示一個真理：人們所信，所愛，所企求的往往不是事物的本質。一生
騙人的俄國間諜被人家騙了，這事很可笑。

　　馬克思在《〈黑格爾法哲學批判〉導言》中說過：「當舊制度還是
有史以來就存在的世界權力，自由反而是個別人偶然產生的思想的時
候，換句話說，當舊制度本身還相信而且也應當相信自己的合理性的
時候，它的歷史是悲劇性的……現代舊制度不過是真正的主角已經死
去的那種世界制度的丑角。歷史不斷前進，經過許多階段才把陳舊的
生活形式送進墳墓。世界歷史形式的最後一個階段就是喜劇。」

　　從表面看，《特務》似乎是一個經典的「犯罪小說」，刀光劍影，
血湧如泉，與坡的《摩格街兇殺案》以來的推理小說一樣有頭有尾，
甚至還像本特利的《特倫特的最後案件》一樣在兇殺中含有幽默。但
是，只要仔細看看沃洛克之死的場面描寫，就知道這不是一個普通的
兇殺故事，而是一個令人啼笑皆非的喜劇。其幽默不是輕巧的逗樂，
而是對「生」的總清算。在《特務》中，康拉德著意刻畫了沃洛克夫
婦的家庭生活無聊平庸，他描寫的讓人絕望的夫妻生活與美國當代作
家約翰・契弗筆下的情景很類似。「生」的煩惱在「死」的場面中得
到了充分的強調。康拉德對沃洛克之死最少同情，因為他是為沙皇俄
國而死的，一個英國人為沙皇而死是可笑的。在康拉德看來，英國人
和波蘭人一樣都應該作為西方世界的一分子與沙皇俄國拼命才是。

7　中國社會科學院外文所編：《歐美古典作家論現實主義和浪漫主義》（北京市：中國
　　社會科學出版社），頁72。

第三個死亡是溫妮殺夫後的自殺。康拉德沒有正面描寫她的死亡，只是引用報紙上的描寫：「一個女乘客從輪渡上投海自盡，這個瘋狂或者絕望的行動將是一個千古之謎。」[8]如果我們把溫妮和文學史上殺夫的婦女形象──如古希臘的歐裡庇得斯筆下的美狄亞和英國哈代筆下的苔絲──比較一下，我們就能發現溫妮身上沒有傳統的傷感性。她為弟復仇而殺死沃洛克及被奧西本拋棄後自殺都是邏輯的產物。她沒有負罪感，她的自殺不過是普通人的走投無路後的必然行動罷了。希臘哲學家普羅提諾說：「當我們的靈魂處於躊躇、苦惱、情況不太好的時候，仔細的推理就在我們中間產生了。」[9]溫妮的痛苦就在於她是三個人中唯一應用了理智的人。她的「絕望」和「瘋狂」是推理的產物而不是情感的結晶。死神從背後走向斯蒂維，從側面走向沃洛克，而溫妮最為不幸，她是迎面向著死神走去的。她的痛苦在於她有選擇生與死的機會。作者在嘲諷之餘對這種死亡是多少有點同情的。她不是為沙俄而死，更不是殉夫守節，她的死只不過是一個普通人對籠罩在身上的巨大陰影的最後抗議。儘管她自己不知道這陰影是什麼，但讀者知道那是沙皇俄國的身影。

　　T・S・艾略特在《莎士比亞和塞內卡的堅韌哲學》中談到一些莎士比亞悲劇人物在死亡前的「自我戲劇化」，如奧賽羅在妻子屍體前的獨白；哈姆雷特死前與霍萊休的告別詞。艾略特認為這些人是在自我鼓氣，把自己想得了不起，把自己想成另外一個人，是自欺。艾略特認為莎士比亞的人物的死與馬婁的人物的死是不一樣的，馬婁的人物是沖向毀滅，而莎士比亞的人物在死前表現了自我意識。照這種分析方法，《特務》中的三個死亡都是馬婁式的沖向死亡，但從斯蒂維

8　J・Conrad, *The Secret Agent*, Leipzig, Bernhard Tauchnitz, p.307．

9　《西方文論選》（上海市：上海文藝出版社，1963年），頁139。

到沃洛克再到溫妮，他們一個比一個更接近莎士比亞式的死前的自我
意識，但都遠沒有達到自我戲劇化的程度。溫妮的死亡被報紙戲劇化
了，但她的死也應該說屬於「沖向死亡」的範疇。二十世紀悲劇的主
人公再也沒有文藝復興時代悲劇的主人公那種掌握自己命運的「高尚
的」自我表演的餘地了。陰影下的這三個死亡都與滑稽相連，都是沙
俄陰謀的可憐又可笑的犧牲者。康拉德把死看得可笑，可以說，開了
美國六十年代「黑色幽默」的先河。

　　除了沙皇俄國外，書中還有另外一道陰影——無政府主義。康拉
德對無政府主義的批評是很明顯的，書中的無政府主義者沒有一個是
正面人物，一個無政府主義者公開說他依靠死亡，因為死亡不受限制
也不受攻擊。沃洛克一家與沙皇俄國和無政府主義者攪在一起自然是
斷無生路了。不過康拉德自己很忌諱人們把《特務》看成反無政府主
義的政治小說，他告訴高爾斯華綏：「我不想從政治上考慮無政府主
義問題，或者從哲學角度認真地對待它。」[10]顯然，他要認真對待的
是沙皇俄國，因為它是威脅一切小人物生存的巨大陰影。在另一方
面，他並不同情與無政府主義者對立的倫敦員警。他在《特務》的第
四章中說「恐怖主義者和員警是一丘之貉」。但康拉德有時分不清無
政府主義和革命的界限。讓我們把上面那句話引全：「恐怖主義者和
員警是一丘之貉，革命和法律在一場遊戲中面對面地爭鬥。」這裡，
我們看到英國式的保守思想深深地影響了康拉德。不過我們對他也不
應過於苛求，因為歷史上自稱革命的人也太多了。

　　康拉德在《特務》中把三個小人物的死亡與無政府主義，尤其是
與沙俄聯繫起來本身就清楚地表明瞭康拉德的時代感和政治敏銳性。
康拉德對俄國的態度是把俄國放在整個西方世界的對立面，他認為俄

---

10 J. Conrad, "A Letter to John Calsworthy", 12 Sept, 1906, Cambridge U. Press, p.131.

國的勝利就是西方人的死亡。雖然書中死去的是三個卑賤的英國平
民，但康拉德顯然沒有忘記死在哥薩克馬刀下的波蘭同胞。

在西方眼睛下的「罪與罰」

──《在西方眼睛下》

　　評論家喜歡把康拉德的小說配成對兒，如《水仙號上的黑傢伙》與《颶風》，《我的經歷》與《海鏡》等。在《在西方眼睛下》面前，他們遇到了困難，因為可以與它成雙結對的著作太多了：在「忠誠與背叛」問題上，它與《吉姆爺》類似，在「轉移環境」問題上，它與《海島流亡者》呼應。最引人注目的是，在「歐洲背景」與「反沙俄」情緒上，它與《特務》有深刻的共同之處。但真正與它成雙結對的卻是一個康拉德所恨的人的不朽名著──陀思妥耶夫斯基的《罪與罰》。《在西方眼睛下》有兩條線索，一條是陀思妥耶夫斯基式的「罪與罰」，一條是「西方人」眼睛中的俄國。主人公拉祖摩夫的罪是在俄國犯的，他的罰是在瑞士受的，這種背景的轉換有利於兩條線索的交叉。這本書在很多地方與《罪與罰》類似，又處處與《罪與罰》對立。它是「在西方眼睛下」的《罪與罰》。《在西方眼睛下》這個題目就充分說明康拉德自覺認識到西方與俄國的對立。

　　故事圍繞一個孤獨和愛沉思的俄國青年學生拉祖摩夫展開。他的同學霍爾丁暗殺了一個俄國顯貴以後跑到他的寢室。拉祖摩夫向俄國當局告了密，當局處死了霍爾丁並派拉祖摩夫到瑞士監視在那裡流亡的革命者。他在瑞士遇到了霍爾丁的妹妹娜塔利亞，並且愛上了她，她也對「哥哥的朋友」一往情深。拉祖摩夫為自己的過去深感內疚，並向娜塔利亞和其他革命者坦白了自己的罪行，結果受到革命者的嚴厲懲罰，耳朵被打聾。最後他回到俄國，仍舊陷入沉思之中。

拉祖摩夫（Razumov）顯然是俄語「智慧」一詞人名化後的英語諧音。懂得俄語的康拉德不會偶然地給他的主人公取了這個名字。拉祖摩夫也多次自命為「理智的人」。拉祖摩夫與吉姆（《吉姆爺》）一樣都是在背叛之後轉移到了新的環境。然而新環境不但沒有使過去消融，反而使過去更清晰，最後導致自我毀滅。但拉祖摩夫的背叛不是吉姆那樣無意犯的「過失」，而是經過周密思考之後的「理智」行動。當霍爾丁解釋說，他在行刺後投奔拉祖摩夫的原因是「拉祖摩夫沒有家室」，所以不會牽連別人時，拉祖摩夫怒吼：「難道因為我沒有這些，所以我餘下的一切就應該失去嗎？」這是從一個罪惡的出發點引出的極為理智的推理，在突然降臨的危險面前，他的抉擇是「理智地」與沙皇政權共命運，結果失去了人格的獨立，成為沙皇的密探。吉姆在失去榮譽之後才意識到榮譽的價值，拉祖摩夫在失去獨立後才痛感獨立的尊嚴。他們都是自己過去行為的罪人，都在新環境中背著過去抉擇的重擔，都希望能贖罪，也就是都懷有現在可以改變過去的奢望。這是拉祖摩夫和吉姆的相同之處。但康拉德不是為了再塑造一個吉姆而寫《在西方眼睛下》的。除了吉姆式的自責以外，拉祖摩夫和陀思妥耶夫斯基《罪與罰》中拉斯柯爾尼科夫的比較，有助於我們認識這本書的創作思想。

拉祖摩夫和陀思妥耶夫斯基筆下的拉斯柯爾尼科夫都走了一條「孤獨──犯罪──自責──坦白」的道路。他們分別向一個女孩子（拉祖摩夫向娜塔利亞，拉斯柯爾尼科夫向索尼亞）坦白了自己的罪，但在這以後，情況有了極大的不同，拉祖摩夫被打成殘廢，重新回到孤獨之中，而拉斯柯爾尼科夫去投案自首，去受苦贖罪。他在獄中皈依宗教，相信上帝，「開始新的生活」。十分湊巧，拉祖摩夫和拉斯柯爾尼科夫面對的權力中心都是沙皇當局，兩本書的結尾表明了康拉德與陀思妥耶夫斯基對沙皇政權的不同態度。

　　顯然，拉斯柯爾尼科夫的罰結束了，他不再企圖改變現存的一切了。拉祖摩夫的罰沒有了結，他也沒有通過懺悔獲得新生，康拉德最終不肯替維護沙皇統治而受苦的人平復心靈的創傷。

　　這種結尾不是偶然的，如果我們逆推上去，就會發現康拉德對沙俄的態度與陀思妥耶夫斯基不同。拉祖摩夫憎惡可能奪走他前程的人。評論家說他「寧願選擇現存的俄國，而不願選擇可能的俄國──要屬於歷史事實的俄國，而不要烏托邦的夢想」。用拉祖摩夫的話來說他寧願選擇「神聖的俄羅斯」（Holy Russia），而不與革命的「夢想」聯結起來。康拉德認為他的罪是投奔了沙皇，是維護了現存制度。而拉斯柯爾尼科夫的罪與此不同。他並沒有面臨突然降臨的外部矛盾，他的謀殺行為是久積心頭的心理矛盾在外界的總爆發。主觀上，他企圖借高利貸老婆子的生命檢驗自己是否有能力把「不做奴隸就做統治者」的超人哲學付諸實踐；客觀上，他所做的是擾亂「神聖俄羅斯」既成秩序的反社會行為，套用評論家對拉祖摩夫的評論，拉斯柯爾尼科夫是要屬於自我的夢想，而不要屬於歷史事實的俄國。這在陀思妥耶夫斯基看來是罪，因為他主張「土壤派」理論，即俄國土地上的既成秩序不可改變，而拉斯柯爾尼科夫恰恰違背了這個理論。

　　拉祖摩夫心裡想「專制權利必須保存」，正想到這裡，他的思路被一聲怒吼打斷：「噢，你這卑鄙的傢伙！」原來這是一個駕雪橇的人在罵他的同伴。J・伯斯奧得說這可以說成是拉祖摩夫在罵他自己[1]，我們說這可以看作康拉德在罵拉祖摩夫。康拉德說過：「只要兩個俄國人走到一起，專制的影子就伴隨著他們。」《罪與罰》中的拉斯柯爾尼科夫為這句話做了注腳：拉斯柯爾尼科夫幻想用突破道德和

1　J. Berthoud, *Joseph Conrad: The Major Phase*, Cambridge U. Press, 1978, Chapter 6, p.140.

法律約束的方法來取得權力，做人類的恩人，當拿破崙式的人物。所以他理想中的人與人的關係仍然建立在統治與服務的關係上。而陀思妥耶夫斯基卻認為自己從個人的心靈角度探索罪與罰的關係，他顯然沒有看出沙俄專制制度的陰影對拉斯柯爾尼科夫的影響。「不識廬山真面目，只緣身在此山中」，拉斯柯爾尼科夫的罪拿到「西方的眼睛下」才分外清晰。

陀思妥耶夫斯基早期懷疑過沙皇政府，但他的空想社會主義思想早就跟著「彼得拉舍夫斯基小組」一起被衝垮了，評論家一般認為，流放後的陀思妥耶夫斯基再也不相信推翻沙皇統治是使人民解放的道路了，他轉而相信專制制度是不可推翻的。康拉德全家有著反抗沙俄的傳統，他本人長期生活在列寧所說的「世界上商業最發達的國家」[2]英國，其生產力和政治民主遠比農奴制尚未剷除乾淨的俄國先進。這種尖銳的對比，使康拉德對沙皇的專制統治有清醒的認識。在他看來，維護沙皇統治就是罪，這「在西方眼睛下」是不可原諒的。這樣，康拉德的「罪」與陀思妥耶夫斯基的「罪」的內涵有著質的差異就不足為奇了。

許多評論家反復說《在西方眼睛下》是一部俄國式的小說，並把康拉德與陀思妥耶夫斯基相提並論。從小說的氣氛和心理描寫上看，《在西方眼睛下》確有陀思妥耶夫斯基的風格。O‧瓦納說過：「最使康拉德感到不安和惱怒的莫過於後來的一些評論家說，《在西方眼睛下》實際上是一部用英文寫的俄國小說，而且說這部書沒有翻譯小說的缺點。這種說法有些道理，不過應該加上一句，這是最好的俄國小說之一。」[3]但康拉德自己一向過分地否認俄國的一切，尤其是其

2　列寧：《帝國主義是資本主義的最高階段》（北京市：人民出版社，1964年），頁91。
3　O. Warner, *Joseph Conrad*, Western Printing Services, 1951, p.120.

偉大的文學傳統。他引用俾斯麥的話說「La Russie'c』est le neant」
（俄國空無所有）。[4]

　　康拉德在《在西方眼睛下》裡有意安排了拉祖摩夫在冰天雪地的
俄羅斯原野上漫步，痛感「周圍空無所有」的場面，這顯然是為了與
俾斯麥呼應。作者又讓娜塔利亞說「俄國沒有法制，沒有組織機構」。
至於文學，康拉德對俄國更懷有極深的偏見，他說陀思妥耶夫斯基是
「面貌猙獰的中了魔的傢伙」（a grimacing，haunted creature），他的書
是「從史前傳來的惡毒的話語」（some fierce mouthings from prehistoric
ages）。[5]

　　康拉德這種攻擊並不排除他與俄國文學的深刻聯繫。《在西方眼
睛下》與《罪與罰》就是這種聯繫的證明。由於列舉這兩部書的共性
的西方評論很多，我們就不在此贅述了。我們首先承認其同，才能究
其異，正是在這個基礎上，我們才有了發現《在西方眼睛下》與《罪
與罰》對立之處的可能。

4　Garnett (ed), *Letters from Joseph Conrad*, p.233.

5　F. P. Wilson and Bonamy Pobree, *Oxford History of English Literature*, pp.213-214.

四大民族文化區對康拉德作品的影響

　　康拉德的一生充滿了抉擇，而每一個重要的抉擇都與民族問題有關。康拉德的足跡遍及全球，他不是旅遊式地漫遊了世界，而是以全部身心紮根於四個民族文化之中。四條民族文化之線在康拉德的一生中融合、糾纏、抵觸並互相影響著。這四種民族文化的對比不僅是種族的對比，而且是不同社會結構、不同生產方式的對比。這種生活經歷是康拉德特有的，它不僅包括實踐，還包括思想、文化和文學本身的洗禮。這一切不能不全面影響康拉德的創作思想和藝術手法。他的作品主題中三對主要對立因素在很大程度上來自這四大民族文化的對比。

　　這四大民族文化區是：波蘭、俄國（斯拉夫）→法國（拉丁）→英國（盎格魯・撒克遜）→亞非地區（殖民地各民族）。波蘭給了康拉德愛國熱忱和對沙俄的仇恨，法國為康拉德準備了文學素養，英國為康拉德提供了政治觀點、語言和當時最先進的生產力，亞非地區則構築了康拉德海洋小說的背景。波蘭使康拉德的作品深沉淒婉，充滿「黍離」之情；法國使得他的作品細膩感人，大有福樓拜之風；英國使得他眼界開闊，在沉著剛毅中隱現著自信和譏諷；亞非地區則核對總和激發了他的上述風格，在悲涼之外加上了壯麗的原始風光和蒼茫的大海。

　　有趣的是，康拉德本人經歷各個文化區的過程是從歐洲到東方，

但他寫小說時卻是從東方開始（《阿爾邁耶的愚蠢》，1895）到歐洲結束（《流浪者》，1923）。所以我們下面的作家論（以生平為主線）必須和前幾章的作品論（以寫作年代為主線）相反，即從歐洲開始到東方結束。

「俄國—西方」主題來自康拉德的波蘭民族感情。1857年12月6日，康拉德誕生在「回憶與哀愁之鄉」波蘭。康拉德的一生同其作品一樣充滿了疑問。關於他的出生日期就有多種不同的說法。《二十世紀作家》（Twentieth Century Authors），《新世紀人名百科詞典》（The New Century Cyclopaedia of Names），《國家傳記詞典》（Dictionary of National Biography）等幾十本工具書都認為康拉德的生日是1857年12月3日。中國外國文學評譯界一般採用這個說法。讓·奧伯利在《康拉德傳》（Vie de Conrad）中也同意這個說法，並指出這一天是舊曆（儒略曆）11月21日。H·L·門肯在1957年11月21日說了一句名言：今天是「最偉大的曾經寫過小說的藝術家誕生一百周年紀念日」。他顯然是把新舊曆搞混了。根據康拉德逝世後的《紐約時報》新聞稿和康拉德兒子的說法，康拉德生於1857年12月6日，R·W·斯托爾曼經大量考證認為這個日子是準確的[1]。本文採用這個說法。他所誕生的那個地區無論現在和當時都是俄國的屬地。康拉德的父親是波蘭民族解放運動的領袖之一，被沙俄逮捕死在流放中。他一生都好像一個傷心的「守財奴」，為不復存在的祖國吝惜著每一縷呼吸，每一絲歡樂。

但康拉德與他的父親不同，他並沒有採取實際的愛國行動，反而離開了祖國，後來加入英國籍。對此，康拉德一直耿耿於懷。A·紀

---

1 R. W. Stallman, "The Reputation of Joseph Conrad: 1924-1959", *The Art of Joseph Conrad*, Michigan State University Press, 1960, p.4.

德把康拉德的這種心理狀態稱為 d'eracinement。[2]康拉德的「失根」感的確非常嚴重。

斯圖爾特說:「正如亨利・詹姆士一樣,約瑟夫・康拉德在流亡(exile)的主題中盤旋。」[3](當然,exile 譯成「流亡」是不準確的。exile 這個英文詞可以適用于康拉德和詹姆士兩人,但「流亡」這個中文詞就不適用於詹姆士。詹姆士的主動遷居英國和康拉德的被迫流亡是有著質的不同的。)康拉德絕大多數小說都有著流蕩異鄉遊子的羈旅之思。以東方為背景的小說,主人公總是背起行囊向著太陽升起的方向退去。而以歐洲為背景的小說,主人公則向西方退去,與日落的方向一致。總之,這些主人公們都是向遠離波蘭的方向走去。許多評論家都說孤獨與憂鬱是康拉德的主要特徵,殊不知孤獨與憂鬱與「有國歸不得」(實際上波蘭國時有時無)的流亡是相聯繫的。這種沉痛的亡國之聲也許只有《詩經》中的《黍離》才能表達吧:

> 彼黍離離,彼黍之苗。行邁靡靡,中心搖搖。知我者謂我心憂,不知我者謂我何求:悠悠蒼天,此何人哉!

波蘭三次受到瓜分,沙俄是始作俑者。康拉德所有以歐洲為背景的著作都流露出與俄國對立的情緒。俄羅斯帝國與獨立波蘭的存在是相抵觸的。沙俄奪去了康拉德父母的生命,任何人把他與俄國作家相比都會使他勃然大怒。他三番五次痛斥陀思妥耶夫斯基,以至紀德說:「我很想知道他到底討厭陀思妥耶夫斯基書中的什麼東西,可是

2　La Nouvelle Revue Francaise, *Nouvelle Serie*, CXXXV (Paris, Decembre 1, 1924)

3　J. I. M・Stewart, *Eight Modern Writers*, Oxford at the Claren don Press, p.184.

我只聽見他空洞的詛咒。」[4]原來，康拉德厭惡陀思妥耶夫斯基的出發點是政治和民族的，而非文學藝術的。

沙俄是歐洲反動勢力的憲兵，波蘭擺脫沙俄的鬥爭不只是爭取民族獨立的鬥爭，而且是民主對專制的鬥爭（俄羅斯帝國自東而西生產力水準依次提高，馬克思就曾經說過，俄屬波蘭在經濟上和政治上都比沙俄本土先進）。馬克思說：「只有民主的波蘭才能獲得獨立……波蘭的解放將成為歐洲所有民主主義者的光榮事業。」[5]康拉德對沙俄的攻擊也集中在沙俄的專制制度上。他在《專制主義與戰爭》中說：俄國「自成為國家的頭一天起就在專制的空氣中生活，其國家組織從頭到尾都遵循某位卑賤的君主的意志，因此它對西方的真理毫不理解。不論什麼思想一旦穿過俄國的邊界，就碰上了它專制的符咒，變成對自己令人憎惡的嘲弄。」但康拉德對俄國的認識到此為止，他不知道沙俄作為落後生產力的代表是東歐生產力進步的桎梏。他把全部希望都寄託在西方的援助上。他認為波蘭文化是古羅馬文明通過法國插入日爾曼和斯拉夫「蠻族」中的楔子。康拉德在處理「俄國—西方」主題時往往受到當時西方流行的地緣政治學的影響，所以，常常不能與民族沙文主義劃清界限。馬克思說：「即使俄羅斯的地主不再壓迫波蘭的地主，騎在波蘭農民脖子上的依然是地主。誠然，這是自由的地主而不是被奴役的地主。這種政治上的變化絲毫不會改變波蘭農民的社會地位。」[6]康拉德距離認識這點還有漫長的距離。

康拉德未能把輝煌的俄國文化與沙俄政權區分開來，未能將深沉

4　Andre Gide, "La Nouvelle Revue Francais", *Nouvelle Serie*, CXXXV (Paris December 1, 1924), *The Art of Joseph Conrad, A Critical Symposium*, Michigan State University Press, 1960, p.3.

5　《馬克思恩格斯選集》第1卷（北京市：人民出版社，1972年），頁294。

6　《馬克思恩格斯選集》第1卷（北京市：人民出版社，1972年），頁294。

多思的俄國民族性格與俄國貴族的病態冥想區分開來。不過，儘管對陀思妥耶夫斯基有極深的偏見，康拉德卻稱讚過屠格涅夫，說他生來就具備各種天賦，並且極為清醒，極為敏銳。不管康拉德是否承認，俄國文學的影響在康拉德著作中屢見不鮮。俄國終究是與波蘭關係最密切的一個國家，康拉德對俄國的感情是複雜而微妙的。

　　波蘭文學本身自然也深刻地影響了康拉德。在康拉德之前，波蘭有三個天才詩人：密茨凱維支、斯洛瓦基以及西琪門·齊亞辛斯基。他們都是用絕好的詩句，表示他們對既往光榮的感慨，以及對祖國憂患的哀思。以至於弗烈德里克·洛裡哀不無誇張地說：「波蘭因為被他們的詩歌所感動，所以有1830年的事件，又因為不忘他們這些動人的聖詩，所以有1863年的暴動。」[7]密茨凱維支的《克裡米亞十四行詩》富有東方色彩，流露出對祖國的懷念，可以說開了流亡主題的先河。康拉德·華倫洛德的燦爛詩篇是讚美愛國並痛詆專制的，約瑟夫·康拉德的心與他是相通的。

　　波蘭和俄國的尖銳民族矛盾是康拉德的「西方—俄國」主題的基石。康拉德始終認為波蘭不是單獨與俄國對抗，而是作為西方的一員承擔「西方前哨」的任務。

　　波蘭文化與法國文化有著千絲萬縷的聯繫，波蘭知識份子一向寄希望於法國。康拉德受法國文化的影響遠在他去法國之前就已開始。康拉德登上了一艘法國船開始了他的航海生活，也是離開了一艘法國船結束了他的航海生活。

　　在《吉姆爺》中，遇險的大船叫派特納（Patna）號，與波蘭文的波蘭（Patria）諧音，它被法國炮艦救起是意味深長的。拿破崙為

7　Frederic Loliee, *A History of Comparative Literature from the Earliest Times to the Present Day*, p.240.

了法國自身的利益曾建立過獨立的波蘭國，許多波蘭人心中懷有一個
願望，就是波蘭遲早要在法國的幫助下擺脫俄國而複生。波蘭的國歌
《波蘭還沒有滅亡》就是源于拿破崙麾下波蘭軍團的軍歌。

康拉德受法國文學影響之深是驚人的。他曾手不釋卷地讀法國小
說。他推崇巴爾扎克和莫泊桑，不過他的創作風格與福樓拜最為接
近。福樓拜的作品總是縈繞著一縷懷疑和悲觀的薄雲（如《布華爾和
貝居舍》），而許多評論家認為「懷疑和悲觀」正是康拉德的重要特
徵。福樓拜重視藝術形式，在小說的結構、意境、詞句和文章節奏方
面都反復推敲。康拉德也是如此，特別是他的海潮般的節奏，在有些
地方恐怕還略勝福樓拜一籌。

福樓拜的許多小說（如《包法利夫人》）體現了巴爾扎克提出的
小說家必須面向當代生活的原則。相形之下，康拉德的小說煙波浩
渺，似乎有遁世之嫌。實則不然，康拉德是一個偉大的實踐家。人們
常稱頌福樓拜寫作前的調查工作，說他為了寫好一個普通村莊或峭壁
下的小道，必先實地調查一番，而康拉德則沒有這樣做的必要。以大
海為例，他航海二十年，沒有片紙隻字的記錄以資回憶，但他沒有必
要回去看海，只見他筆走龍蛇，凡星河晨霧、海濤孤帆無不翩翩入
畫，亡國之恨、無家之苦莫不剪裁成書。海水已滲入他的骨髓，海員
的呼喚與笑語早已積滿他的耳底，即令他不像福樓拜那樣在案頭擺上
一個鸚鵡標本，他也能寫出活鸚鵡來。康拉德向法國先輩學習，但又
不滿足于模仿法國文學。從文化淵源上看，他不屬於哪一個獨特的文
化範疇，他屬於全世界。

康拉德在英國船隊服務近二十年。康拉德的舅父告訴康拉德：
「我不明白英國人的邏輯，但人們不能改變它，只能適應它。」康拉
德果然適應了它，當然是帶著波蘭的根子。他結合了斯拉夫和盎格
魯·撒克遜兩大文化，在這兩種文化的複合上發現了主動權。他是百

分之百的波蘭人的子孫，他的生活方式、感情和舉止莫不如此，而同時，他又是正統的英國公民。他選擇了法國文學，卻看中了英國語言。儘管他的法語起初比英語好，但他後來卻屢次說如果他當初不用英語寫作，他終生不會有一行字被印出來。不過這兩個國家在他心目中都是「西方的中堅」，與波蘭有著共同的文化淵源。他說：「我走上世界，從法國到英國，在這兩個國家，我從未感覺自己是陌生人，從思想感情到制度，絲毫沒有不適應的感覺。」[8]

　　一經與英國的先進生產力和資產階級民主相結合，康拉德久積在心頭的愛國熱忱就騰空而起了，倫敦成為他聲討沙俄的戰場。馬克思說過：「應該在英國解放波蘭，而不是在波蘭解放波蘭。」[9]英國的經濟、文化、政治狀況、讀者和編輯的鑒賞力等，都為康拉德提供了抒發愛國熱忱的機會。

　　1886年，康拉德加入了英國籍，這是他一生最重要的抉擇。他覺得 Home 這個字，意味著盛情好客的大不列顛海岸。英國式的保守無疑影響了康拉德，他喜歡秩序和常規，討厭混亂和分裂。與同代的許多作家不同，他對英國尖銳的社會矛盾比較冷漠，也不企圖進行激烈的社會改革，他對國際事務的看法也與英國正統知識份子合拍。俄國革命爆發後他說：「歡樂籠罩著彼得堡，國際社會主義聯盟正在勝利，歐洲每一個聲名狼藉的癟三都覺得……混亂來臨了。」對於一個靠讀正統的英國報紙學會英語的人來說，發出這種英國紳士式的言論是不足為怪的。在他看來，處於與西方對立狀態的俄國，就是籠罩在西方上空的陰影，不管俄國或西方本身發生了什麼，這個陰影總是壓在西方頭上。俄國與西方的矛盾成為超歷史的人類固有矛盾，這與美

8　Oliver Warner, *Joseph Conrad*, Western Printing Services, 1951, p.176.

9　《馬克思恩格斯選集》第1卷（北京市：人民出版社，1972年），頁288。

國地緣政治論者（斯比克曼、威勒、基弗等）的觀點不謀而合。

康拉德成為用英語寫作的英國作家，康拉德應該感謝英國，英國也應該感謝康拉德。英國評論家約翰‧韋恩感慨萬分地說：「我們英國人吸引了像康拉德這樣偉大的藝術家也真夠幸運的。當然，不只幸運而已。在那些日子裡，我們享有好讀者的聲譽，他們聰明、嚴肅，能欣賞偉大作家創造的最偉大的作品。我們今日還有這種聲譽嗎？一個當代的康拉德還會做這種選擇嗎？」[10]反之，如果康拉德沒有作出這種選擇，他就不會成為如此成功的大作家了。他也應該感謝英國，感謝他的讀者、編輯、評論家以及他的船隊和語言。

最令人驚訝的是康拉德直到二十歲時還不認識一個英文單詞，但他居然成為英語的文體家，這是文學史上的奇跡。他甚至用波蘭語豐富了英語，創造了「under the angle of eternity」，「civic valour」等片語。王爾德、蕭伯納、葉芝用愛爾蘭語豐富了英語，但很難說英語不是他們的民族語言。斯拉夫人納博科夫和科辛斯基也是英語文體家，但英語早就是他們學到的語言（Acquired Language）了。康拉德是世界文學史上最具語言天才的作家之一。

反過來，英語也豐富了康拉德本人。康拉德自己在《我的經歷》裡講：「我連想也沒想過選擇問題，至於採納——不錯，確有採納問題，但，是我被了不起的英語採納了。英語使我擺脫了蹣跚階段，使我完全成了它的一部分。以至於每一個我衷心信賴的英語慣用語都指導我的性情，鑄成了我的秉性。」

根據語言學上的「薩丕爾—沃夫（Sapir-Whoff）假說」，一個人使用的語言影響其理解事物的方法。英語本身影響了康拉德。首先他

---

10 John Wain, *Joseph Conrad: A Critical Symposium*, London Magazine, November, 1957, p.40.

在二十歲學會了英語，又進入了用另一種語言重新整理思想、以孩童般的好奇心觀察世界的純真境界，最終用一種非我的語言與非我的世界抗衡。其次，康拉德的英語是向東方口岸的英國海員們學的，他的語言浸透著海水，傳達著勞動的資訊，包孕著自然的美。最後，英語本身很適於表現並促成他的冷靜悲壯又略帶嘲諷的風格。

說到底，康拉德是用英語寫作的英國人，這一點與他的作品中三對主要對立因素都有關：英國認為自己是西方與俄國抗衡的主力；英國與海洋息息相關，同時又是在亞非殖民的先鋒。這些都不能不深刻影響他在作品中呈現出俄國與西方、陸地與海洋及文明與原始這三對主要矛盾。

亞非地區是康拉德表現「原始─文明」和「陸─海」主題的背景（我們在引言中曾提到，以美洲為背景的小說《諾斯特羅莫》實際上與美洲無關。G·莫夫等人論證這本書中並無典型的美洲事物[11]）。原始古樸的亞非熱帶地區的風光和永無休止地喧囂的大海，對於生長在「文明」北國的康拉德有著無窮的魅力。原始與文明的對立、陸與海的衝突在這種環境的映襯下顯得格外分明。

亞非殖民地地區無疑與英國本土密切相連。在康拉德的著作中，所謂文明與原始的衝突，在一定的意義上就是英國與亞非地區的矛盾。十九世紀，英國在海外迅速擴張，這引起了英國本土極深刻的變動。這種變動是物質的，也是精神的；既是條件的變更，也是感情的變化。英國通過海洋與東方連接了起來，「文明與原始的對立」是通過海洋來實現的。歷史學家馬里歐特說：「殖民事業的盛衰從最初起就以英國海員的熟練技術和吃苦耐勞的程度，以及英國造船者的才幹

---

11 Gustav Morf, *The Polish Heritage of Joseph Conrad*, Smapson Law, Marston & Co. 1930, pp.127-148.

為轉移。有人說：『我們要建立又好又高又大的商船，它不屈服或害
怕任何航行於水面上的東西。這樣，它們就將世界的這個小小的北陲
變為整個基督教世界中最富庶的商品倉庫。』」[12]

　　海員成為當代的騎士，他們與當時最先進的生產工具、大自然以
及海外各民族相結合。對於康拉德來說，這三個因素在亞非地區匯合
了，因而康拉德的以亞非地區為背景的小說寫得最有聲色，也最動人
心弦。

　　在康拉德的第一部小說《阿爾邁耶的愚蠢》中，他反復暗示阿爾
邁耶和妻子的衝突不是個人感情不和，而是兩種不同種族的衝突。康
拉德創作生涯一開始就注意到十九世紀的歷史奇觀：東西兩大文明的
交鋒，「文明」與「原始」的對壘。西方人依靠「船堅炮利」取攻
勢，東方人從印度到中國節節敗退。可是東方人的精神文明自有一種
古樸莊嚴的偉力。阿爾邁耶的混血女兒妮娜與馬來人逃走就是對那偉
力的呼喚的回答。另一位英國偉大作家吉卜林也注意到東西文化的比
較，他對西方文化充滿信心。他描寫印度，也喜歡異國生活，但他的
任務是改造環境而不是相反為之。而康拉德則時淺時深對「自西向東
移動的文明」表現出懷疑，對文明和原始誰改造誰提出疑問。這一思
想在以東南亞為背景的作品中表現得最廣泛，但在《黑暗的中心》裡
表現得最集中。儘管其背景是非洲，但康拉德認為東南亞和非洲同是
原始偉力的組成部分，是與文明抗衡的力量所在。

　　在亞非兩洲，特別是馬來地區，康拉德作為海員有長期與海接觸
的機會，海與原始一樣，成為洗濯文明的污濁的神聖的東西。海員對
陸和陸上的人有一種微妙的心理，他們既嚮往著陸，又深深地感到陸
上的社會對他們存在著一種束縛的力量。他們與海的關係是勞動者與

---

12 J. A. R. Marriott, *Modern England* 1885-1945, Meltruen and Co. Ltd, 1952, p.240.

勞動對象的關係，他們與陸的關係是人與社會的關係，「陸對海的壓
迫」就是社會對勞動和自然的歪曲和束縛。當然，陸的陰影也不時映
射到船上來，使本來應該聖潔無瑕的航船也佈滿了陰霾，結果船成了
小社會，社會成了大船。不過，陸和海是相連的，割斷社會與自然的
聯繫是辦不到的。沒有英格蘭銀行，就沒有東印度公司，沒有東印度
公司就沒有航行于遠東海洋的英國船隊。每一條船從起錨之時起，就
沒有真正的自由；看不見的鋼纜把它們牢牢地拴在陸上的資本上，這
也可以說是康拉德的一大悲哀。

　　在陸與海的矛盾中，康拉德傾向海，在文明與原始的衝突中又左
袒原始，這兩個主題線索是互為表裡的，是同一種思想的不同反映，
都是反抗「社會對自然的歪曲」，都是康拉德把亞非地區和歐洲進行
了對比之後的思想產物。人們一向所說康拉德的悲觀主義觀點或遁世
思想實質上就是這種思想的表現。這種思想不可能簡單地依據康拉德
個人的心理因素來說明。特裡·伊格爾頓說得好：「康拉德的心理也
是一種社會的產物。」[13]他的思想是當時和在此之前流行的意識形態
在藝術上的獨特轉化，即感到文明世界的歷史徒然迴圈，個人孤獨，
人類價值荒謬，只有轉向自然才能在原始的樸實中發現人生的真實意
義。這也就是席勒所說：「這些物件（自然）就是我們曾經是的東
西，而且還要再是的東西。我們的文化修養將來還必須循著理性與自
由的道路，把我們帶回到自然。」[14]有這種思想的中外學者很多，從
老莊、陶潛到諾斯替教的信仰者，從盧梭、愛默生、梭羅到當代美國
「垮掉的一代」的艾倫·金斯堡等，都提出過類似的論點。

　　康拉德的主要著作都瀰漫著一種悲涼的氣氛，懷疑與憂鬱相互為

---

13 特裡·伊格爾頓著，文寶譯：《馬克思主義與文學批評》（北京市：人民文學出版社，
　　1980年），頁11。
14 轉引自朱光潛：《西方美學史》（下）（北京市：人民文學出版社，1979年），頁460。

用。康拉德懷疑人生的價值、宇宙的意義和自己本人的存在，因而憂鬱之霧乘勢而起。懷疑與憂鬱的結合導致了孤寂的情緒。康拉德生於世間，受到社會的種種束縛——自然的情感，內在的厚望，被道德、法律和官僚束縛得動彈不得。只有在東方異國他鄉的純樸人民之間，在茫茫的汪洋大海裡，久居心頭的鬱憤才得以舒展。極端的痛苦之後則是拋棄身心的束縛，放浪形骸，馳心于自由理想之邦。說康拉德悲觀，或有其事，說康拉德厭世，決無道理。他對於故土的懷念，對於大海的崇拜，對於海員在質樸勞動中建立的感情的信任，對於專制、陰謀和壓迫的厭惡，對於忠誠的無比尊重以及晚年表現出來的對於愛情的珍視，說明他是愛這個世界的。

在藝術手法方面，康拉德自稱受巴爾扎克的影響甚于受福樓拜的影響，但實際情況正相反。康拉德筆下的人物群像與巴爾扎克的羅浮宮式的人物畫廊迥然不同。巴爾扎克關心影響人的環境，康拉德則關心受環境影響的人。康拉德很少在人物的社會經濟地位中突出其性格，他的主人公不受典型環境和典型性格常規的約束，他們大多是處在特殊環境中的異常人物，往往被迫和固有環境分離，割斷舊有社會聯繫，在新的環境中追尋解脫。他們悔恨自己的過去，懷疑現存的一切，但對如何改造自己或環境又無把握。他們喜歡俄國式的沉思，反反復復，有時顯得重複斷續，但康拉德極少運用意識流的手法。

康拉德刻畫的人物的感染力不在於他們有超自然的力量（常見於神話），也不在於他們有超乎眾人之上的智力與體力（常見於浪漫主義文學）或對於現實環境的觀察入微（常見於現實主義文學），而在於他們對於異常環境的追求，企圖改變過去的願望和與流動於世界和內心之間的神秘力量的結合。康拉德的人物都在運動中，沿著離開波蘭的方向向東（以陸與海、原始與文明對立為主題的小說）或向西（以俄國與西方對立為主題的小說）運動著，而這一運動的原因大多

是出於對於過去行為的悔恨，如吉姆（《吉姆爺》）之向東方運動是企圖切斷現在與過去的聯繫，拉祖摩夫（《在西方眼睛下》）之向西方運動是罪與罰的結果。異常的新環境，特別是海中土著居住的小島（《吉姆爺》《勝利》《荒島流亡者》等），往往是消除過去的痕跡，讓佈滿傷痕的心與充溢於天地之間的神秘力量結合的理想場所。人們之所以說康拉德悲觀，就是因為他的人物有一種「退」的趨勢，從文明退到原始，因為那裡存在著神秘莊嚴的偉力；從陸退到海，因為那裡有純潔的自然；從俄國的勢力範圍退到西方，因為那裡沒有封建專制的羅網。如果說這就是悲觀，那可能是因為康拉德不能改變又不屑適應固有的社會環境，只好棄之而去。但另一方面，我們也可以從中找出康拉德不安於現狀，追求理想自由生活的積極因素。

康拉德的人物總是處於深刻的內心矛盾之中，他們關切的不是個人日常生活中的得失，對於當時一般作家注意的個人經濟地位的變遷也不感興趣。他們的內心矛盾大多是環繞著「陸與海」、「文明與原始」和「俄國與西方」這三大對立因素展開的。他們既不為愛情傷感（尤以早期小說為明顯），又不渴望名利，他們的心和身體都在運動、掙扎和翻騰。在三大對立因素的影響下，主人公本身也分裂了。而康拉德與別的作家不同之處在於這些人物不是在「內部」分裂就完了，他們把外界與自己對立的另一個人和自己內心矛盾的一方視為一體，即在自己的對立者身上發現自己。例如，吉姆認為自己的死敵布朗身上有自己的成分（《吉姆爺》），馬婁認為庫爾茲就是自己（《黑暗的中心》），年輕的船長和逃犯不但長得相像，而且處於一種「共命運」的狀態，以至於船長稱逃犯為「另一個我」（my double 或 my other self）達二十餘次（《秘密的夥伴》）。在「另一個我」的身上體現著內心對立的一方，如，年輕的船長在逃犯身上找到了自己身上罪惡的一面。這種使內心矛盾外化的手法可以用哲學上的「對立統

一」、心理學上的「投射現象」（projection）、文學中「陀思妥耶夫斯基式的分裂」（Dostoevskian dedoublement），乃至政治經濟學上的「異化」等等來解釋。

　　作品的主題必然和創作方法相聯繫，康拉德作品中的三條線索可以用來解釋他的藝術特徵。在西方文學史中很少有人比康拉德見得更多，他從世界文化中吸取了無盡寶藏，結果成為一個跨文化的偉大作家。波蘭的熱忱、俄國的深沉、法國的精微明澈、英國的放眼全球的氣勢、東南亞的忍耐與質樸都在他身上留下印記。作為海員，康拉德酷愛大海，海就是身心自由的基石，人在與海的鬥爭中創造了財富，認識了自己。作為愛國者，康拉德從政治上討論了西方與俄國的對立，並把歐洲人民的日常生活編織進時代的畫幅。作為東方世界的探險者，他從哲學和社會的角度對比了文明與原始。康拉德的寫作手法也與其經歷一樣，是多樣化的。康拉德寫作的年代是十九世紀末、二十世紀初，當時英國文學界的特徵是非現實傾向增長。康拉德的作品既繼承了浪漫主義和現實主義的特點，又浸透著與這兩種傳統截然不同的色彩。有些文學史家認為他和勞倫斯、T·S·艾略特組成的英國文學的發展之線，與狄更斯、薩克雷和哈代組成的另一條發展之線形成尖銳對照。康拉德一般不被稱為現代派的鼻祖，但他對英美現代派作家的影響是深遠的。如，T·S·艾略特的《空心人》這一標題就取自《黑暗的中心》，福克納經常看康拉德的書，「就像經常拜訪老朋友」。[15]

　　長期以來，評論家對康拉德是現實主義作家還是浪漫主義作家爭論不休。康拉德描寫的是他所見、所聞、所感、所思。但他的世界畢竟是少數人的世界。對於一個海員來說是很現實的體驗，對於多數讀

15　李文俊：《福克納評論集》（北京市：中國社會科學出版社，1980年），頁268。

者來說就是很浪漫的。一個東方世界的探索者每日目睹的現實生活，萬千西方讀者會當做浪漫的海外奇談。所以脫離讀者與作者生活體驗的差異而侈談現實與浪漫，往往會引起概念的混亂。以康拉德所熟悉的法國作家為例，莫泊桑喜歡譏諷市民階層的發財夢（如《項鍊》），歐仁・蘇善於「以明顯的筆調描寫大城市『下層等級』所遭受的貧困和道德敗壞」[16]（恩格斯語）。這種現實康拉德既不熟悉，又不感興趣，固而不見於他的著作。同樣，康拉德習以為常的現實也不見於這兩位元作家的作品。蒼茫的大海和奇異的東方自不待言，就是俄國與西方的矛盾這種社會課題一映入流亡的波蘭人眼中，也使一般西方讀者耳目一新。

從一般意義上來說，康拉德的作品確有極濃厚的浪漫色彩，有著引人入勝的渲染（這也正是他的一大優點）。於是有人把他歸入斯蒂文生一類的「新浪漫主義」作家的行列。不過，斯蒂文生的海是石印圖上蔚藍的海，人物是生龍活虎的海員（及海盜）；康拉德則把描寫重心轉向人物的心理，他注意的不是冒險本身，而是事件在人們意識中的反映。在康拉德看來，如果低估主觀因素，藝術就失去了特色，如果忽視人在充滿矛盾的世界（對於康拉德個人來說是處於陸與海、文明與原始和俄國與西方三大矛盾中的世界）中的內心體驗，文學就不成其為文學。

一顆孤心在茫茫的大海中跳動，外在世界和內心世界如此淺近清晰，又這般朦朧深遠。四種民族文化背景交相掩映，憂鬱和曠達融成一體，懷疑和信仰鑄於一爐，宇宙和內心彼此交融，海濤的聲響和海員的呼喚此起彼伏——悲涼、雄偉、壯闊、深沉，這位海員藝術家的境界也真非同凡響。如果有人堅持要求我們講清浪漫和現實何者是他

---

16 《馬克思恩格斯全集》第1卷（北京市：人民出版社，1972年），頁594。

最突出的特徵，我們或許可以說，對於康拉德自己來說：在陸地上
（社會），他經常表現為現實的（如《特務》）；在海洋裡（自然），他
每每是浪漫的（如《水仙號上的黑傢伙》）。對於西方讀者來說，他以
歐洲為背景的作品現實成分居多（如《在西方眼睛下》），以亞非為背
景的作品浪漫風格占了上風（如《黑暗的中心》）。而這兩方的接觸
（陸與海、東方與西方）是康拉德百談不厭的主題，也是他悲劇作品
主題的源泉。這就是人們常說的現實一碰上浪漫就會導致悲劇的意
思吧。

　　所以康拉德與傳統的浪漫主義和現實主義都不相同。很少有作家
像康拉德那樣在一生中充滿驚心動魄的矛盾。他愛波蘭卻加入英國
籍，愛海洋卻最終離開了海洋而定居英國，喜歡冒險卻又崇尚秩序與
自製，自己與當時最先進的生產力相結合（航海）卻又對原始生活表
現出無限眷戀。他的藝術手法中的對立因素與他本人實踐中的對立因
素緊密相連。在這樣一個人身上出現浪漫與現實的矛盾也是不足為奇
的。R・W・斯托爾曼說：「這兩種人格的矛盾──夢想家與現實主
義──可以解釋康拉德身上的矛盾，解釋他的反浪漫浪漫主義以及對
波蘭的愛國主義和對『波蘭事業』的懷疑。」[17]稱康拉德為「反浪漫
浪漫主義」（anti-romantic romanticism）始見於 C・米洛茲（Czeslaw
Milosz）的《波蘭人心目中的康拉德》[18]，其實這個詞不過是「現實
的浪漫主義」的意思。這種提法有其道理，不過康拉德自己的說法有
些不同，他在《我的經歷》裡說：「有人說我是浪漫主義的，只有隨
他去，也有人說我是現實主義的，這是值得注意的。」看來康拉德希
望人們稱他為「浪漫的現實主義」。但無論怎麼評論都要看其具體內

---

17 R. W. Stallman, *The Art of Joseph Conrad*, Michigan State University Press, 1960, p.8.

18 *Atlantic Monthly*, CC. 5, Anniversary Issue (1957), p.40.

容，所以在「浪漫、現實」兩個敏感的名詞之間盤桓並不太必要。有
一點是毋庸置疑的：康拉德一方面承認科學的現實，同時又看出其間
浪漫的要素，在可知世界的背後，看到了未知世界的影像，在海洋上
忘不了陸地的影子，在東方，眼睛緊盯著西方的侵擾，在英法兩國，
又傾聽著俄國的腳步。他的精神世界是與眾不同的充滿對立因素的世
界。他馳騁的文學領域也是充滿矛盾、相容並蓄的藝術王國。

　　一個成功的作家必然是對生活有深刻體會的作家，他筆下的主題
必然是與這些體會密不可分的。多種文化的薰陶可以擴充作家的眼
界。以全世界文化為背景的作家往往善於用多種形式反復申明自己的
主題。思想境界高了，對世界有獨到的見解，作品也就深刻了，形式
也就多樣了。

　　康拉德的作品好像是一個有許許多多小平面的球形鏡子，它旋轉
閃爍，從不同的角度反映著人們的思想、行為和環境。初看似乎雜亂
無章，但它有著旋轉的中心，即「陸與海」、「文明與原始」和「俄國
與西方」這三條對立因素的軸線。康拉德的創作方法也是為表現這三
條軸線服務的。浪漫和現實等手法也因主題本身的矛盾而處於相互矛
盾的狀態。康拉德本人在四個不同民族文化區的經歷，在很大程度上
影響了其作品中這三大矛盾的形成。這就是本文的基本論點。

　　1924年8月3日，康拉德因心臟病發作逝世。消息傳到一艘航行中
的輪船上，一位年邁的船長說：「人們可以喜歡他的任何書，對於
我，他將永遠是在颱風中看到馬克惠船長的人。我想他將永遠活在颱
風中。」[19]不過永生不是康拉德自己的心願，在他刻有波蘭姓名的墓
碑上雕著一首他在《流浪者》扉頁上引用的斯賓塞的詩：

---

19 Oliver Warner, *Joseph Conrad*, Longmans, Green and Co, 1951, p.91．

勞累後的睡眠，暴風後的港口，

戰亂後的和平，生命後的死亡，

這是最大的快樂。

康拉德死亡的消息傳到中國，《小說月報》上載文說：「……康拉
德……追憶想像，神游於幻想之境，別營如夢似的象徵自由的生活，
茲據倫敦八月三日路透電訊，康拉德業已下世，我文藝界同仁緬懷先
哲怎能不悵惘無已呢。」[20]

我們可以有把握地說：康拉德的讀者可以忘記他所塑造的人物和
情節，但是他所創造的精神境界和他所選擇的主題是永難忘記的。他
使我們變得謙虛起來，認識到宇宙和內心的廣袤無限，認識到我們並
不是總能看清我們所見、所感和所做的內在意義。

康拉德的舅父曾經寫信給康拉德說：「我將在心中牢記你所說過
的一切。」[21]

是的，人們應該記住他所說過的一切。

Accum inim exer ipismod olorem eum ex ea feum delesequis ad
dolortie dolore conulput erat acil utpat adiam autat alit wis estin henibh ex
eugait augue con ute ming exer sequisi.

Feu feui tat, vel doloborperit vullumsan ea consequ iscidunt lan
venim ea adiam er in ex enit auguercilla conulput lore ectet, velit adionse
magniam irit ex et, senismod del ut autat ad dolendre tisisi ting elit lam,
sum alisl ullaor si.

---

20 樊仲雲：〈康拉德評傳──紀念這個新死的英國大作家而作〉載《小說月報》15卷
10期。

21 Oliver Warner, *Joseph Conrad*, Longmans, Green and Co, 1951, p.6．

Tat ea faci eliquatin utpatin henim estrud modit lor ad diametue te te moloree tuerostis nibh ercin vullan vullam, suscini amconsequat nullam iure eros nissim zzriure molorem ad dolore cons dolobore tisissi exeros acinim euipissecte molent wis alisi.

約翰‧契弗短篇小說的創作技巧

　　如果我們想把某位當代美國短篇小說家的技巧作為一個孤立因素來研究，最適當的人選就是「紐約人」派[1]小說家約翰·契弗。因為在半個世紀的創作生涯中，他沒有致力於提出新的思想，沒有對人生、社會和宇宙發表過抽象的獨創見解。他的人生觀與人們在美國市郊能碰上的隨便哪一位白領人士似乎沒有什麼不同，但他卻憑了一種微妙的力量，成為當代最著名的美國短篇小說家之一，這力量就是他的寫作技巧。這樣，我們在研究他的獨創性技巧時就不至於和他的獨創性思想混淆起來，因為他根本就不炫耀後者。

　　近幾十年來，美國文學中「現代派」聲勢很大，他們對時間、空間、道德以及真、善、美的意義等等，都提出了反傳統的新見解。與此相適應，他們採取了一系列新的寫作技巧，使文學的形式發生了巨大變化。他們喜歡強調意識的非理性和無邏輯性，拋棄舊有的語言規範，用特有的哈哈鏡扭曲生活的本來面目，力爭用非現實的手法取得震撼人心的藝術效果。「現代派」美國作家人數很多，「現代派」美國文學的範疇似乎有充滿「現代美國文學」範疇的趨勢。甚至有人把「現代派」美國作家和現代美國作家混為一談。實際上，在美國現當代作家中，沿著傳統的現實道路前進者還大有人在，契弗就是其中活躍的一員。他和許多同類作家一樣承認文學與生活有著共同邏輯，承認思維的連續性，承認固有的語言規範可以描述生活和表達思想。當然，他在一定程度上發展了這些邏輯、連續性和規範。他的新英格蘭郊區不是詹姆斯·法雷爾[2]的芝加哥窮街陋巷，不是約翰·斯坦貝克[3]

1　契弗的短篇小說往往首先在《紐約人》雜誌上發表，有人把他和厄普代克、奧哈拉等人合稱「紐約人」派作家。在下文中，我們在討論契弗的技巧時常常把它作為「紐約人」派作家的共同特徵來考慮。

2　詹姆斯·法雷爾（1904-1979），美國現實主義作家。

3　約翰·斯坦貝克（1902-1968），美國現實主義作家。

的加利福尼亞原野，也不是約翰‧馬昆德[4]的波士頓舊城。他的現實主義與他的先輩有了明顯的差別，本文實際上就是在承認他的傳統手法之後討論這種差別在創作技巧方面的表現。

1980年5月18日，契弗在給本文作者的一封信裡說，他最感興趣的事是種菜，「我聲明我是一個簡單的人，為我的小小的蔬菜收成而擔憂。」他無疑是把菜農的樸實無華、精雕細琢的勞動技巧應用到短篇小說創作上來了。他就像一個老菜農一樣，眼睛死死地盯住一片狹窄的畦壟，決不肯廣種薄收。這也就是他突出的創作技巧之一。

4　約翰‧馬昆德（1893-1960），美國現實主義作家。

狹窄的背景

移動，並從移動中追求「感覺經驗」，一向是美國文學的傳統之一，即所謂「追求式」（Quest）中的「路的主題」（Road Motif）。由於現代美國人在不停地移動，每年平均每五個人中就有一個移到新的地方，不斷變換背景更成為當代美國文學的重要特徵之一。「垮掉的一代」的代表作家凱魯亞克的《在路上》（On the Road）和《科迪的夢想》（Visions of Cody）就是比較突出的例子。但契弗一反此例，把人物限定在特定的經濟環境和地理環境之中。他深耕細作的文學田園是新英格蘭城市郊區的中上層住宅區，所以有人稱他為「新英格蘭作家」或「郊區作家」。契弗不是托爾斯泰[1]，將來的文學史必定不會說他是美國歷史的鏡子。契弗本想寫處於世界中的家庭，結果家庭成了世界本身。1978年出版的契弗自選短篇小說集《約翰・契弗短篇小說集》是契弗一生創作的精華，是有史以來美國最暢銷的短篇小說集。《紐約時報圖書評論》說它是「關於在家庭生活的混亂中消失的道德秩序的幾瞥」。

夫妻關係是契弗短篇小說的主線之一。陀思妥耶夫斯基說夫妻間「存在著世人都不知道，只有他倆才瞭解的一隅」。契弗就是描寫這一隅的好手。當然這一隅還有其週邊延伸，平日是郊區火車和城裡的辦公室，週末是一個接一個的鄰里聚會。但這一切既不如詩也不如

1　列寧稱托爾斯泰是俄國革命的鏡子。見《列寧選集》第2卷（北京市：人民出版社，1972年），頁369。

畫。夫妻感情是彼此厭惡之後好不容易才湧起來的東西，每一次愛都
成了下一次恨的前奏。夫妻的共同之處是彼此都不忠實于對方，但他
們是「有教養的人」，決不會像金斯堡、凱魯亞克或亨利‧米勒那樣
對待家庭，他們要保持作為消費單位的家庭組織形式，他們有家庭與
他們上教堂一樣，都是給別人看的。這樣，問題就來了，契弗終於在
此發現了無盡的素材。

　　英國法學家科克說：「家庭是你的城。」法國文學家紀德說：「家
庭，我恨你。你是關閉的大門，是憧憬幸福的眷念之地。」契弗的人
物有時也想從城中沖出，譬如在爭吵後把寫有「出賣」字樣的舊牌子
釘在門前的楓樹上（《綠蔭山強盜》），但他們終究未能開創出新環
境，也沒有靠不斷的移動來割斷現在和過去的聯繫。他們總是在家庭
之城中周遊，這一座座「小城」都坐落在新英格蘭郊區。新英格蘭是
美國之夢的發源地，是清教徒的故鄉，郊區是富人居住區。如今，這
裡草坪後面兩層樓房裡的人們既不是清教徒，又不能重溫美國之夢，
但他們決不願被人從這個區域裡趕出去。契弗的短篇小說的背景之狹
窄，在當代美國短篇小說中是罕見的。他把人物圈在這小環境裡動彈
不得，不過，這也是這些人物的本願，因為郊區不只是一個地理概
念，而且還有其經濟、政治和文化意義。離開郊區意味著社會地位的
總衰退。

　　背景狹小並不說明作者功力不足，屠格涅夫小說的背景永遠是小
貴族的鄉間宅院，可是評論家認為，「他的狹窄的背景是無關緊要
的，他的書比浩翰冗長的俄羅斯歷史更能使我們懂得1830年的俄羅斯
的情況。」[2]

　　康拉德以小說的背景橫跨世界著稱，但他實際上也把自己限定在

2　安‧莫洛亞：〈屠格涅夫的藝術〉，譯文見《世界文學》1981年第5期，頁261。

一定的範圍內。他承認：「人們靠一種很專門的職業掙麵包，總愛談他們自己的本行，一則因為這在他們的生涯裡最富濃烈生動的趣味，再則他們對於別的問題知道的也不多。他們實在也沒有工夫跟別的問題打交道了。」[3]

　　許多作家的「苦苦摸索」實際上是在尋找自我發揮的最佳範圍。有些作家在一部作品成功之後往往冒險深入自己不熟悉的領域，以致從此默默無聞，這就是作家的第一部作品常成為其代表作的原因。一個作家的最高技巧是對自己技巧的瞭解。只有瞭解自己，才能瞭解人物，才能在特定的範圍內隨意調遣他們，即老子所謂「知人者智，自知者明」，或王爾德所謂「清楚地知道自己的一切才能清楚地知道他人的一切」。契弗恰恰知道自己「非常天真，充滿地方色彩，有時喝醉，有時遲鈍，幾乎永遠笨拙」。[4]這位守拙的老作家在生疏的領域裡確實如此，但在熟悉的範圍內卻運筆自如，左右逢源。他住在紐約郊區，他的人物就在他的周圍進進出出。他自己與妻子討論了三十年離婚，但一直生活在一起。契弗把握了自己，因而把握了人物和背景。幾十年來，契弗在這個窄窄的背景前上演了一幕又一幕既非悲劇又非喜劇的故事。

3　康拉德：《颱風》序。

4　約翰・契弗：《契弗小說選自序》（艾爾弗雷德・A・克諾夫出版社，1978年）。

情節的非戲劇性

　　拜倫說：「所有的悲劇都以死收場，所有的喜劇都以結婚收場。」契弗的短篇小說大都略去婚前戀愛，專談婚後生活，在拜倫所謂的「喜劇的收場處」開場。而這一收場往往既非悲劇又非喜劇，似完未完的結尾給讀者留下頗多回味的餘地。

　　契弗小說的字裡行間流露出淡淡的凄婉。人們由於怕死而生，又由於怕生而死。日常生活給人們帶來的負擔不少於任何一部悲劇，但契弗不寫悲劇。《啊，青春和美！》的主角凱什被妻子路易絲誤殺，但這種殺夫行為不同于希臘歐裡庇得斯筆下的《美狄亞的報復》、哈代筆下的《苔絲》，以及康拉德筆下的《特務》中的殺夫悲劇。路易絲的行為與滑稽和無聊相連。凱什過去是業餘跨欄選手，如今已入中年，難以再馳騁運動場，不過他偏偏要在鄰居們的晚會上表演跨越沙發。他讓妻子持槍發令，結果「槍響了，路易絲的子彈在半空中打中了他，把他打死了」。

　　悲劇本是熱愛生活的產物，是兩種「對立理想」的衝突（黑格爾悲劇論），契弗的人物缺乏的正是這種愛和理想。恩格斯認為「歷史的必然要求和這個要求實際上不可能實現」「構成悲劇性衝突」。[1]凱什的要求與歷史的必然無關。利奧・布勞迪在《哈佛當代美國文學指南》中說「『紐約人』小說，作為一個公認的形式，試圖昇華一瞬間的感情，表現其全部個人和社會的形體，經常是沒有政治和歷史因素

1　恩格斯：〈致拉薩爾〉，載《馬克思恩格斯選集》，第4卷，頁346。

的」，[2]與歷史潮流無關，純個人的行為如果不以尊重生活為基礎，是不能成為悲劇的。西方中產階級的根本利益不在於要徹底改造當前生活模式，因此他們祖先的悲劇英雄如今難以再出現了。

同時，契弗儘管以幽默著稱，卻不是在寫喜劇。幽默本身是美國文學的傳統之一。華盛頓・歐文的幽默[3]是風趣，馬克・吐溫的幽默[4]是諷喻，約瑟夫・赫勒的幽默[5]是荒誕，小馮尼格的幽默[6]則是悲憤了。美國實業家耶爾巴特・哈巴特總結說：「痛苦比所有的思想深刻，笑比所有的痛苦尊貴。」笑成為美國文學中維護自己尊嚴的武器。契弗也是幽默大師，但他的幽默旨在說明生活沒有尊嚴。他並不想把平庸的事變得高尚，倒是想把高尚的事變得平庸。契弗的幽默是對生活無聊的抗議。他借兒童的眼睛（《酒的苦惱》）、鄰居的眼睛（《金玉其外，敗絮其中》）、情敵的眼睛（《告訴我那是誰》）觀察世界的平庸無聊，甚至肚子本身（《三個故事》）也參加嘲弄人生。但是與一般喜劇不同，嘲笑者並不比被嘲笑者高尚。

在《鄉下丈夫》裡，一個差一點兒由於飛機失事而死的丈夫興沖沖地回到家裡，可是居然沒有人對他表示歡迎，也沒有人對他的歷險感興趣，妻子兒女仍忙於瑣事。他深受刺激，以至於說去看精神病醫生，卻被員警搜身，員警認為他是經常打電話恫嚇醫生的那個人。最

2　丹尼爾・霍夫曼：《哈佛當代美國文學指南》（波士頓：哈佛大學出版社，1979年），頁143。

3　如《瑞普・凡・溫克爾》中主人公與古人相見的場面。

4　馬克・吐溫在《哈克貝利・費恩歷險記》中曾經這樣描寫過頑童心目中的姨媽：「那寡婦一搖吃晚飯的鈴，你就得按時趕到。到了桌子跟前還不能馬上就吃，還得等著寡婦低下頭去嘟噥著，抱怨那些飯菜做得不好。其實飯菜也沒有什麼不好，只可惜每樣飯菜都是單做的。」馮尼格曾說馬克・吐溫的幽默是荒誕，認為他是荒誕文學的先輩。上面一段典型的吐溫幽默可為反證。這種幽默還應該說是以諷刺為主的。

5　如《第二十二條軍規》，《出了毛病》等都是典型的例子。

6　馮尼格有一自畫像，畫中他眼中流淚，鼻裡冒煙。

後他在地下室裡做木工活解悶。故事這樣結尾：「接著天黑下來了，這是國王們穿著金衣服騎象上山的夜晚。」契弗自己對這句話最為得意，他說他有一次從房間裡出來突然想到這句話，並向妻子喊了出來。[7]對這個結尾，評論家非常注意，但都沒有提出令人信服的解釋。契弗本人也沒有講他為什麼安上這樣一個結尾。聯繫到故事本身，我們可以看出，作者無非是在提供一個對比，國王、金衣服和神像只在美麗的童話裡出現，生活是反童話的，是平庸的，這恰恰是生活可笑可憐之處，但這顯然不構成喜劇性衝突。

在《高雅的克拉莉莎裡》，一個「沉默高雅」的姑娘突然開了腔，原來她埋在內心深處的「思想」都是平凡透頂的小事，男主人公說「你真聰明」，這裡說明的也是同一個意思。拿破崙說：「崇高與滑稽只有一步之差。」契弗讓他的人物統統退了這一步。

魯迅說：「悲劇將人生的有價值的東西毀滅給人看，喜劇將無價值的撕破給人看。」[8]無論悲劇或喜劇，必有明確的價值觀念，生活中必有明確的是與非。可是契弗認為，人類的危機沒有完善的解決辦法，美國的問題沒有答案，生活中沒有值得笑，也沒有值得哭的東西。他不能，也不準備假裝為某一個信念寫作。他的故事是許多斷片的綴集，這些斷片並不是為了最後的高潮而集合在一起的，既不「激動人心」，又不「感人肺腑」，完全沒有戲劇效果。這裡我們幾乎是在談主題的非戲劇性了，而技巧的非戲劇性更多地表現在下面一點上。

7　約翰・契弗：《契弗小說選自序》（艾爾弗雷德・A・克諾夫出版社，1978年）。

8　魯迅：〈再論雷峰塔的倒掉〉，載《魯迅全集》，第1卷，頁192。

結尾的不完整性

結尾不完整是「紐約人」小說的共同特點。契弗在這方面尤為突出。契弗從來不想使紐約的商業生活戲劇化，他在火車站抓住人物，把鏡頭聚焦在這些人身上，在人們毫不在意的日常言行中探求關係瞬間破裂的苗頭，並以詳盡的細節破壞情節進展的連續性。作者拒絕回答讀者的傳統問題：「結果如何？」對此無須多舉例，因為契弗的每一個短篇小說都是如此。作者安排懸念並不是為了最後解決，懸念自行消失，就好像內陸河滲入沙漠之中。

令人感到非常有趣的是，契弗由於其短篇小說的成就而獲得「歐・亨利獎」。歐・亨利如果有幸一睹契弗的短篇小說一定會忍俊不禁。歐・亨利可以說是結尾最完整的美國小說家。他的精彩的結尾說明了故事中每一個懸念，奇峰突起的結局圓滿地串起了故事中的一切疑竇。契弗的結尾在歐・亨利看來一定很不精彩，它與故事中的懸念處於同樣的高度，並不用於解釋前面的情節為什麼這樣安排，因而結尾本身是一個新的淡淡的懸念。

在《巨型收音機》裡，一架新買來的收音機突然能夠播送出鄰居的私房話。女主角「收聽到有表明消化不良、肉欲之愛、極端的虛榮心、信仰和絕望等種種聲音」。全篇不斷重複這類聲音。在故事的結尾，重複停止了，收音機恢復正常：「收音機裡的聲音柔和而無所偏袒。『東京清晨發生一起鐵路慘案，』擴音器說，『十九人死於非命。今天清晨布法羅附近一家天主教盲童醫院發生火災，已被修女們撲滅。今天氣溫四十七度，濕度八十九度』。」（故事完）

　　最後，故事中反常的小重複停止了，生活又恢復了它本來的無休無止的大重複。主人公並沒有通過這台「神奇的」收音機「在彩虹的另一頭」找到一罐金子，有情人也沒有因此終成眷屬。從傳統的意義上來說，這簡直不是故事。但是，作者提出了兩個令人毛骨悚然的問題：反常的收音機和正常的收音機哪個更能反映人們的真實生活？生活是否總是有戲劇性結尾呢？我們說契弗的短篇小說不完整，只是從傳統的意義上，從歐·亨利或愛德格·愛倫·坡的角度提出問題。從故事的表面聯繫上看，這種不完整的結尾是不成功的，從生活的內在意義上看，這種結尾是更符合實際的。這種結尾回答了，同時又回避了美國的問題，那就是：美國的問題沒有答案。馮尼格在《冠軍牌早餐》中說過，美國的問題太多了，沒有一個國家的國歌中有美國國歌中那麼多問號。契弗短篇小說的結尾上恰恰懸掛著這些問號。表面的草草收兵，實際上給讀者留下無窮的回味，有些美國評論家看穿了契弗的苦心，稱他的情節是「騙人的簡單」(deceptive simphicity)。[1]

　　情節的不完整和開放式的結尾作為現代美國文學的重要特色，與傳統的情節合理和閉合式的結尾形成尖銳對照。這與西方繪畫、雕塑乃至音樂的情況有相似之處。在西方現代藝術裡，斷片代替了連續，比例失調代替了結構對稱。表面的破碎正是內在完整的襯托。

　　在這方面，契弗並不是首創者，《紐約人》雜誌上刊登的短篇小說的結尾大多是開放式的。賽林傑是一個「徹底的『紐約人』派小說家」，他的短篇小說的結尾也是很不完整的，讀者往往「記住了他創造的氣氛而忘記了故事的內容」。[2]只不過，契弗表現得比其他「紐約人」小說家更為突出就是了。

1　威廉·海因：《短篇小說研究》秋季號（1965年），頁79。

2　丹尼爾·霍夫曼《哈佛當代美國文學指南》（波士頓：哈佛大學出版社，1979年），頁145。

　　亞里斯多德說過：「悲劇是對於一個嚴肅、完整、有一定長度的行動的摹仿。」[3]所以這裡的結尾的不完整性和上一節的情節非戲劇性實際上是互為因果的，是一個問題的兩個側面。

3　亞里斯多德：《詩學》第六章。

納入體制

──人物的非個性化

　　五十年代西方文學裡的中產階級有一種不願被納入體制的悲涼。懷特的《組織人》（The Organization Man, 1956），威爾遜的《穿灰法蘭絨衣服的人》（The Man in the Gray Flannel Suit, 1955）和霍利的《主管者的套房》（Executive Suite, 1952）都把這種悲涼戲劇化了。看來自由存在於戰亂的過去，嚴密的組織則腐化了物質豐富的今日。書中的人物以自己的個性反對自己的身份，這種意圖很明顯，這三位作家已將這種矛盾明白無誤地表現在上述三本小說的標題之中了。

　　而契弗筆下的人物的悲涼恰恰相反，他們唯恐被體制排擠出來，體現在「綠蔭山」（契弗小說中屢屢出現的郊區中上層住宅區）的居民身上，就是害怕郊區社交中沒有自己的地位。契弗短篇小說中大部分人物都有這種悲哀：

> 我正在耙落葉時，我的兒子走過我身邊。
> 「托布勒家正在打壘球，」羅寧說，「大家都在那裡。」
> 「你怎麼不去玩？」我問。
> 「人家請你，你才能去玩。」羅寧回過頭來說，說完他們就走了。我發現我可以聽見沒請我們去打壘球的人們的喝彩聲。托布勒家在街區的另一頭。隨著夜幕的降臨，興致勃勃的呼喊聲越發清晰；我甚至聽見冷飲杯中的冰塊的碰擊聲和女人們發出的嬌弱的喝彩聲。

我奇怪我為什麼沒被邀請到托布勒家去打壘球，我奇怪為什麼
我們被排斥在這簡樸的娛樂，這輕鬆的聚會，這漸弱的歡聲笑
語和這砰然關閉的大門之外。當我們得不到這些時，它們就仿
佛在黑暗中熠熠放光。為什麼兼收並蓄的社會──實際上是
一心向上爬的社會──不讓我這麼個好樣的漢子去打壘球
呢？這是什麼世道！憑什麼把我孤零零地撇下，讓我在落日的
余暉中和我的落葉為伴──就像我現在這樣──感到那麼淒
涼，那麼寂寞，以致心裡直發寒，憑什麼呢？

《綠蔭山強盜》

他百思不解的是什麼把他和隔壁花園裡的那群年輕人分開。他
也曾是一個年輕人，也曾被人愛戴過，也曾幸福過，也曾朝氣
蓬勃。而此刻他站在一間黑洞洞的廚房裡。這位運動員的昔日
凜凜威風，十足愣勁，颯爽英姿如今已不復存在。一切對他有
意義的東西都消失殆盡。他覺得隔壁花園裡的人影好像是來自
過去他傾心相愛的某個聚會上的幽靈，而他卻被殘忍地趕出了
那個聚會。他感到自己像是一個夏夜的幽靈。他渴望得快要生
病了。

《啊，青春和美！》

跟人家說話呀，我求求你，親愛的。我求求你，跟誰說說話
呀！要是她看見你站在這裡跟誰也不說話，她會在請客名單上
除掉我們的名字的，而我又這麼喜歡她家的宴會。

《巨型收音機》

在這些人中間，共同的價值觀念已磨平了個性的棱角，也就是

說，人們在適應體制的同時已拋棄了自己的獨立性。這就構成了契弗小說人物的一大特點——反個性化。人物之間的差異只是機會不同。一個故事接著一個故事，所有的人物都成了一個人——一個中產階級的中年男子。（女子是作為男子生活環境的一部分存在的。在夫妻爭執中，契弗總是以男子的眼光看問題。他對女子總是有一種嘲笑和無可奈何的態度。有評論家說：「契弗是溫和的大男子主義者。」[1]這個男子的最高願望就是拉摩的侄子的「置身其間」[2]，也就是與他的鄰居達到統一。他的生命力不在於有超自然的體力（常見於神話文學），也不在於有超乎眾人之上的智力（常見於浪漫主義文學），也不在於有超過常人的敏感性（常見於現實主義文學），而在於在家庭混亂面前的無能力力，在於對現存體制的敬畏和唯恐被甩出去的心理狀態。

這些人物納入體制的過程就是消滅個性的過程。不同的人物交換一下位置對故事本身不會有什麼影響。《普通的一天》中的吉姆和《巨型收音機》中的吉姆之間的差異，並不比他們的名字之間的差異大。美國評論家卡靜說得好：「正因為他（契弗）的人物在工作中沒有成就感，他們從不衝撞或反對被稱為美國寓言的這個社會。所有的鬥爭都在頭腦裡。人們失蹤了，就如同從一個晚會裡不見了一樣。契弗的小說——《瓦普肖特編年史》《瓦普肖特醜聞》以及《彈丸公園》——試圖消滅他的人物的意義。」[3]

契弗使人們的私生活社會化，把最荒唐的個人情緒納入公共情緒

1　D. 凱斯：《華盛頓郵報書評》，1973年7月1日，頁10。

2　在狄德羅所著的《拉摩的侄子》中，這位侄子說：「我以為事物的最好的秩序就是需要有我在裡面的一個秩序。如果我不在裡面，即令最完美的世界，也是毫不足取的。」

3　艾爾弗雷德・卡靜：《生活的光明》（小布朗出版公司，1973年），頁113。卡靜在這裡列舉的三部小說都是長篇。一般說來，長篇小說「人物的意義」應超過短篇小說。在契弗的長篇小說中，人物的形象與短篇小說一樣缺乏獨特性。

的軌道。私生活是個難看的小秘密，人們在夜一般漆黑的秘密的掩蓋下，另有一個真實的、最有趣的生活。[4]人們的私生活都以秘密為基礎，中產階級如此敏感地渴望個人秘密能得到尊重，部分原因在於這裡。契弗恰恰喜歡揭示這些秘密。秘密一旦揭穿，大家彼此彼此，無個性可言，可以哈哈一笑四散而去了。他的人物反復問同一個問題，為什麼在這個「繁榮完美的世界裡，人們都這麼灰溜溜的呢？」他們都懷著內疚，心中暗暗懷疑他們著名的「生活方式」。外表的自由難以掩蓋內心的重重束縛，人們渴望有隱藏起來使別人不瞭解的自由，又厭惡自己本質和別人的差別，他們忍不住使自己的心理負擔表現出來，但是以一種歪曲的方式表現出來，結果做出了種種愚蠢的行為。行為的表現方法雖有不同，原因卻大抵無異。

反常的個人行為本是十八世紀文學的發明，往往用於烘托正面人物的合理言行。契弗的小說中個人的反常成為社會的正常。結果人們沒有固定的獨立性格，翻遍契弗的書也找不到哈姆雷特、高老頭，或維特這種有典型性格的人物。每一個人都是一個綜合體，而每一個綜合體之間的差別則微乎其微。他們害怕自己從郊區社交生活中失去地位，這則是企圖保持自己和同類的一致性的表現。他們是被納入體制的沒有個性的「綠蔭山」居民。

---

4 契弗在《綠蔭山強盜》裡說：「綠蔭山在茫茫夜色中和在光天化日下是多麼不同啊！」

契弗與契訶夫

由於在短篇小說方面的成就，契弗被稱為美國的契訶夫。1973年，美國評論家列昂尼德在《大西洋月刊》上稱契弗為「郊區契訶夫」。[1]這大概是契弗獲得這一稱號的由來。

契弗和契訶夫在思想上的差異極大，這裡就不再贅述了。在寫作手法上，這兩個人有很多類似之處，但也有很多差異。

契弗和契訶夫的短篇小說都從含蓄的幽默中流露出淡淡的凄婉。他們的人物大多是一事無成的中上層男女。但契訶夫的人物與契弗相比是很多樣化的。性格不同的知識份子、小官吏（有時也有農民）的形象充斥於契訶夫的故事。契弗的人物則差別不大，彼此社會地位大同小異，不外是管理人員、技術人員、醫生、律師之類的白領人士。契訶夫的人物篤信道德上的美，起碼他們自己認為如此。契弗的人物沒有理想，他們只相信共同的當代價值。換言之，契訶夫善於刻畫精神上的貴族，行為上的奴隸；契弗筆下的人物則在精神上和行為上都是當代價值的奴隸。

契弗和契訶夫在結尾方面有驚人的相似之處。上文談過，契弗的小說的結尾是不完整的，這正是契訶夫小說的重要特徵。以契訶夫的《帶叭兒狗的女人》為例：故事在結尾描寫一對戀人沒有辦法永遠生活在一起，但是他們認為：

1　《大西洋月刊》1973年6月號，頁112-114。

似乎再過一會兒就能找到解決辦法了，然後將開始一種新鮮而燦爛的生活；他倆都明白結局還遠得很，對他們來說，那最複雜，最困難的事情還剛剛開始。

美國作家納博科夫（Vladimir Nabokov）說這篇小說「沒有明確的終結，而是按照生活的自然運動，以典型的契訶夫方式漸漸消隱……一切傳統的小說寫法都被打破了。小說沒有提出什麼問題，沒有通常的高潮，也沒有一個有意義的結尾。然而這卻是有史以來最偉大的短篇小說之一。」[2]

這種「漸漸消隱式的結尾」正是我們在上文談到的契弗的不完整的結尾。在契弗的《黃金夢》裡，當一對夫婦的發財夢破滅之後，故事這樣結尾：

> 這時檯燈的燈光也似乎亮了一些，散發出一種暖意，造成一種自得其樂、心滿意足的心情，那是春天陽光照耀下各種各樣的倦意、絕望都為之一掃的心情。她使他動了心，他感到既高興，又有些暈頭暈腦。就在這裡，啊，就在這裡。這時他仿佛覺得黃澄澄的金子就在他的懷裡。

在契弗和契訶夫的結尾裡，絕望的基調裡有一種明明沒有根據的故作樂觀的旋律，這就更增添了一種無可奈何的悲愴情調。矛盾沒有解決，但是故事就此結束了。

一般說來，契訶夫的小說是有戲劇性的。他有信念（上文已談到

2　弗拉基米爾‧納博科夫：〈論契訶夫〉，載《大西洋月刊》1981年8月號。譯文見《世界文學》1982年第1期。

信念和戲劇性的關係）——「我是海鷗……我有信念，所以我不覺得痛苦」（《海鷗》）。他和十九世紀俄羅斯的心理和社會聯繫得十分緊密，他是為闡明自己的信念而寫作的。結尾的不完整不妨礙他環繞著自己的信念構築一幕又一幕戲劇。契訶夫本人就是戲劇家，他的短篇小說難免向戲劇方面偏移。契弗的短篇小說則向非戲劇性方面發展，這點在上文已多次談到了。

人們說契弗是美國的契訶夫，在更大程度上是為了強調契弗在美國短篇小說創作方面的重要性。如果再進一步比較契弗和契訶夫的異同，我們就很容易落入比較十九世紀俄國文學和二十世紀美國文學的大海之中了。這兩位作家終究是自己世紀和自己民族的產兒。如果說他們在某一點上完全一樣的話，那就是他們各自以其巨大的成就加強了短篇小說在本民族文學，乃至全世界的文學中的獨立地位。

結語

　　契弗和任何作家一樣，有多方面的創造特點，人們可以從不同的角度做出不同的概括。這章從一定角度討論了契弗四個創作特點——狹窄的背景、情節非戲劇化、結尾不完整和人物非個性化。在一定意義上，狹窄的背景和人物非個性化與主題關係密切；情節非戲劇化和結尾不完整則涉及結構問題。在傳統的喜劇和悲劇中，人物一般要有強烈的道義和性格對比，作者往往需要構築穿越社會界限的行為來加強戲劇效果，也就是要求個性化的人物和較寬的背景。在契弗的短篇小說中，背景凝滯，人物是同一經濟、地理和道義環境中的同一模式。這種題材本身就不具備羅織戲劇性結構的前提，更不能將故事推向一個將矛盾解決（無論是皆大歡喜還是結局悲慘）的完整結尾。所以契弗的主題和結構是統一的，他的四個寫作技巧也是互為表裡的。

　　契弗拒絕回答讀者的傳統問題：

　　「好人壞人？」（人物非個性化）

　　「命運怎樣？」（情節非戲劇性）

　　「走向何方？」（背景狹窄）

　　「結果如何？」（結尾不完整）

　　一般說來，契弗運用上述技巧是自覺的，因為他在選擇、排列其素材時保持了始終如一。馬・肖勒說過：「技巧是使藝術素材具體化的唯一方式，因而也是評價這些素材的唯一方式。」[1]契弗運用自己

1　馬・肖勒：〈技巧的探討〉，譯文見《世界文學》1982年第1期。

的技巧畫地為牢，捕捉特定的素材置入其間，他並不進而說明、講解這些素材，而是把這個任務交給了讀者。這就等於承認自己的著作缺乏通常所說的「哲理概括」和「思想性」。然而，他的主題和結構的一致性是如此清晰，他的技巧本身就不可能離開他對人生和社會的特定見解。當然，這就超出了本文標題所規定的範圍。不過，喬治‧路易‧布豐說過「風格即人」，從契弗的風格中我們已經窺見其人之一斑了。

有些人認為「紐約人」派小說家狎昵膚淺，契弗也被人指摘為瑣細有餘，深度不足。實際上這種看法是不夠全面的。契弗在給本文作者的信裡說：「文學的了不起之處在於我們有能力借此清楚而直接地彼此談論生活中最重要的事情」。他「清楚而直接地」講述了一個又一個郊區家庭的故事，但從來不把故事講完；他在極為狹窄的題材裡發現了大天地；在千人一面的人群中探求了日益壯大的美國中產階級的精神狀態；在貌似平淡的故事裡顯示了苦苦掙扎的靈魂。他知道人們會怎樣誤解他，但他堅持給自己的嫻熟技巧罩上樸素的外衣，因為他覺得這樣人們才能更準確地看到他所認為的「最重要的事情」。這種風格是很難被熟悉了現代派風格的讀者所賞識的，他耐心地等待了幾十年，直到晚年才被列入名作家的行列。這表明了他對自己的創作方向是充滿信心的。他用樸實的新技巧補充了傳統的現實主義寫作方法，他的成功可以說為當代美國文學開拓了一個引人注目的新領域。

約翰‧契弗小傳

　　約翰‧契弗1912年生於美國麻塞諸塞州，十六歲即開始試寫小說，二次大戰時在軍中服役，戰後從事寫作。曾獲本傑明‧佛蘭克林獎、歐‧亨利獎及全國圖書獎等多種獎金。他曾在紐約伯納德學院和波士頓大學任教，曾為美國國家文學藝術院成員。他1982年逝世，正與筆者到美同年。本擬依約到紐約拜訪，無奈斯人不存，鳳去樓空。沒有契弗的紐約，何其寂寞啊。

　　他的第一部長篇小說《瓦普肖特編年史》（The Wapshot Chronicle, 1957年）被一位評論家稱為二十世紀十二部名著之一。該書圍繞里安德一家兩代人的社會經歷展開。里安德是輪渡駕駛員，一生尊重傳統，依戀故土，渴望維持家庭生活的穩定。但在「商業文明」的衝擊下，他步步下滑，最後難逃滅頂之災。他的兩個兒子跑到大城市去自行謀生，總算在生活的漩渦裡立穩了腳跟。

　　在續集《瓦普肖特醜聞》（The Wapshot Scandal, 1964）中，契弗描述了里安德的兩個兒子的命運，明確表明了自己對當代美國社會的失望情緒。儘管科學技術的發達使人與人更加互相依賴，但人情日趨淡薄，人人都在寂寞孤獨中生活，各種社會關係瀕於總崩潰的危機之中。

　　以後，契弗又寫了兩部長篇小說《彈丸公園》（Bullet Park, 1969）和《獵鷹者》（Falconer, 1977年），也都受到讀者的歡迎和評論界的讚揚。

　　美國批評界一般認為契弗的短篇小說寫得更好些，他有「美國的

契訶夫」之稱，1978年他的自選集《約翰‧契弗短篇小說集》（The Stories of John Cheever）出版，共收有他三十年來寫的短篇小說六十一篇。

他的其他幾部小說集是：《某些人的生活方式》（The Way Some People Live, 1942）、《巨型收音機》（The Enormous Radio, 1953）、《綠蔭山強盜》（The Housebreakcr of Shady Hill, 1959）、《我的下一部小說中不會再出現的人、地、物》（Some People, Places, and Things That Will Not Appear in My Next Novel, 1961）、《準將和高爾夫球迷的寡婦》（The Brigadier and the Golf Widow, 1964）和《蘋果世界》（The World of Apples, 1973）。

契弗的短篇小說大都描寫中產階級的日常生活。人物活動範圍狹小，既沒有曲折驚人的情節，也很少有關於人生哲學的大段議論。他善於從人們熟視無睹和平淡無奇的事物中發現幽默可笑之處，通過瑣細的家庭糾葛反映資本主義社會中人們精神上的空虛和苦悶。

契弗的作品行文流暢細膩，妙趣橫生，在含蓄的諷喻中流露出淡淡的淒婉；故事寫得詼諧深沉，不露雕琢的痕跡；結尾往往既非悲劇又非喜劇，主人公進退兩難的窘態能給讀者留下頗多回味的餘地。

契弗時常著意刻畫大中城市郊外富人聚居區的社會生活和精神風貌，所以一些人稱他為「郊區作家」。又因為契弗的短篇小說往往首先在《紐約人》雜誌上發表，有人把他和厄普代克等新英格蘭作家一起合稱「紐約人」派作家。不過這些稱呼都很難概括契弗的主題和風格。評論家指出，在美國當代文學中契弗可以說是獨樹一幟的，把他歸入任何流派在目前都是困難的。

海明威的傷痕

傷痕的轉移

　　在海明威不大成功的作品《過河入林》發表之後，他突然沉默了下來，變得如同「墳墓一樣」（高爾德語）。不料十年之後，一聲長嘯響徹西方文壇，《老人與海》問世了（1952年）。兩年後，諾貝爾獎委員會考慮到《老人與海》的「希臘悲劇式」的效果，將1954年諾貝爾文學獎授予海明威。不過，這部中篇卻如同天鵝的最後長鳴一樣，宣佈海明威的文學生涯到此結束[1]。這部書可以看做海明威對自己一生思想的總結和留給世人的最後贈言。書中老漁夫非常引人注目地一次又一次夢到獅子。在書的結尾雖敗猶榮，遍體鱗傷的老人又一次夢到獅子。從這裡我們看到海明威希望留給後人的最後資訊：海明威是頭獅子。他的老朋友 M．考利對海明威的思路領會得最透，他紀念海明威的評論的題目就是：「海明威：這頭老獅子。」是的，海明威是頭獅子，不過是一頭受傷的獅子。

　　海明威一生受過無數次傷，他從小就弄瞎了一隻眼。在第一次世界大戰中，他被奧軍炮彈炸倒在地，腿上中彈二百三十七片。在倫敦時，頭部受傷縫了五十七針。他曾多次遇上飛機失事，僥倖未死，得到了閱讀自己訃告的罕見「特權」。海明威不只傷在身上，還傷在心上。他一生三次離婚，兩次參戰，每次都受盡刺激。「強烈的憂鬱症」和「多疑症」常常籠罩著他的內心世界。成名後生活的優裕，並沒有使他的精神創傷痊癒，反而使他更加迷惘彷徨，以至怕死怕到想

1　海明威另有遺著《海流中的島嶼》，在他死後九年出版。

去找死。不過，海明威是不願默默地忍受傷痛的，他要把傷痕公之於世，於是他把自己的身心之傷一一轉移到他的人物群象上去了。這些人物可以看做一個人物的逐步發展，也可看做海明威本人的化身。

從海明威的處女作《在我們的時代裡》中的尼克倒在血泊裡開始，到其最後名著《老人與海》中的桑地亞哥雙手糜爛、全身痙攣為止，海明威塑造的主人公沒有一個未曾受過傷：

印第安女子難產的痛苦使癱瘓在床的丈夫自殺而死（Indian Camp）；

莫根被人打得遍體鱗傷，最後喪生（To Have and Have Not）；

傑克身體下部受傷，以致失去性生活的能力（The Sun Also Rises）；

尼克受傷，難以入睡（Now I Lay Me）；

喬登受傷，與世長辭（For Whom the Bell Toll）；

桑地亞哥受傷，雙手血流不止（Tne Old Mar and the Sea）。

傷了髮膚、身體倒沒有什麼，傷了心可真是難以忍受：

少年尼克目睹印第安人之死的噩夢折磨了他整整一生（In Our Time）；

青年亨利異鄉喪偶，柔腸百斷（A Farewell to Arms）。

其實傷身即傷心。不然的話，坎特維爾上校為什麼單選他最初受傷之地為定居點呢（Across the River into the Sea）？

在《老人與海》中，桑地亞哥老人並沒有承認心靈受了什麼傷。他只是讚歎大海的莊嚴美妙，決不吐個「愁」字。此時的海明威，擺出「世路如今已慣，此心到處悠然」的超脫神態。其實是老獅子心靈受傷太重，以致說不出口了。這種難言的內心創傷，預示著老獅子將不久人世。去世前的春天，海明威發現自己傷勢太重，向朋友說：「可是我寫不出來。你曉得，我不行啦。」不久，海明威就死在自己

的獵槍下。至於是自殺還是獵槍走火，沒有多大必要去爭論。因為海明威說過：「我要寫作、學習一直到死。」既然他的傷已不允許他再寫下去，那自然「去者終須去，留也不能留」了。

海明威治療創傷的藥方

最初，海明威像尼采一樣，想拿酒和女人作為治傷的方法，結果適得其反。他一怒之下喊出：「世界上有兩種東西最傷人——酒和女人，後者尤甚。」

他後來對治療心靈創傷的方法探索了半個世紀，他的全部小說都是描寫帶傷者的苦鬥，旨在給心靈的創傷開出藥方。我們說海明威是獅子不是綿羊，就是因為他有這種勇敢的探索精神，有著帶傷奮戰的毅力。

他首先把治好精神創傷的希望寄託在受了創傷的精神上。這種治療似乎可以「不假外物」，單以調節精神對外界的關係來實現，也就是像梅勒和凱魯亞克所看到的，「從內心的源泉汲取生命」。海明威試圖在內心與外界之間建起一堵牆，希望外界的狂濤巨浪進入內心後成為微波細瀾。任你外界刀光劍影，殺人放火，離婚難產，吸毒自殺，「硬漢」我自為之，「意志」可以戰勝一切。反過來，他還要讓內心的風暴經過這堵牆後，表現出來的只是和風陣陣。海明威行文輕快含蓄，從不作兒女態。他希望這種對感情表露的自我克制，反過來再使自己變得更加堅強。從外界到內心，從內心到外界，經過這堵牆的阻擋，海明威給創傷包上了厚厚的紗布。可是，這種靠自我修養得來意志力以戰勝人間痛苦的辦法，難免落入唯心論的窠臼。我們說物質是第一性的，意識是第二性的，任何正確的認識首先來自實踐。脫離實踐而空談意志力，十個有十個難逃苦悶的深淵。但另一方面也應該看到，海明威這種「打掉了牙齒往肚裡咽」的好漢風格，還是受了一些

勞動人民的思想影響，人們多少能從中看出，開發西部以來堅毅的美
國工農的部分風貌。

行動，並從行動中得到「感覺經驗」——海明威的第二個治傷藥
方。馬庫斯·坎利夫說：「人們時常批評海明威，說他只寫激烈的行
動，不寫心智，因此自己受到很大限制。」[1]此話前半句沒錯，後半
句則未免武斷，因為正是激烈的行動為海明威開拓了表現才能的機
會。海明威本人和他筆下的人物都不喜歡抽象思考，至少不願談自己
的抽象思考。海明威的人物從不說「我痛苦」，「我失望」，而只是說
「喝酒去」，「釣魚去」。在他們看來，行動本身和從行動中得到的切
身經驗，比一切社會思想都有價值。海明威的人物都在行動中：在義
大利鏖戰，在西班牙鬥牛，在瑞士滑雪，在加勒比捕魚，在巴黎戀
愛。這硝煙、牛吼、雪景、魚腥和情話，在海明威看來都是治療種種
精神創傷的萬應靈丹。我們說，這種好動的習性體現了積極進取的生
活態度。海明威的多少包括了勞動在內的行動，是有益於人的身心健
康的，對心靈創傷的癒合有著積極作用。在勞動中，人與自然融成一
體，人給自然打下了印記，同時作為主體的人也「對象化」了。正如
馬克思所說：「他通過這種運動作用於他身外的自然並改變自然時，
也就同時改變他自身的自然。」但海明威的勞動不是現代生產關係下
的勞動，而是前商品生產時期的牧歌式的勞動。他筆下的勞動者，不
是「一杯濁酒喜相逢」的漁夫樵子，就是「一言不合拔刀相向」的鬥
牛健兒。他們不參加現代社會的集體生產，不參加社會產品的分配，
因此，他們勞動的社會意義顯得十分蒼白。「烏托邦」的勞動方式與
緊張激烈的當代資本主義環境的不協調，使海明威治療創傷的第二個
藥方的效用受到很大限制。

1　Marcus Cunliffe, *The Literature of the United States*, Penguin Book, 1970, p.264.

　　他的這兩個藥方，都難以醫治好他受傷的心。他終於看出,是周圍的社會環境阻礙著他內心創傷的痊癒，於是又想出第三個藥方——「逃」。首先是從社會的一處逃向另一處。他讓他的人物一個一個地脫離原有的環境，走向天涯海角：亨利在世界大戰白熱化時拂袖而去（A Farewell to Arms）；尼克在重傷倒下後宣佈要與敵人實現「單獨和平」，退出「他們的」戰爭（The Short Stories of Hemingway）。這種「一走了事」的做法，固然有其消極的一面，但從抒發對周圍環境不滿和對新生活嚮往的角度來看，仍然有其積極的一面。然而，從一個社會環境逃到另一個社會環境，並不能使主人公脫離現存生產關係的羅網。「躲過初一，躲不過十五。」在新環境中，亨利又受到了愛人慘死的新打擊；尼克左沖右突也沒能擺脫自殺的噩運。

　　於是海明威像愛默生和梭羅一樣，希望能從大自然中找到安慰。他乾脆逃離了社會，奔向大自然。如果說海明威筆下的「硬漢」向社會傾訴內心淒涼時常常是含蓄矜持的，那麼他們卻向著阿爾卑斯山的層巒疊嶂，向著加勒比海的霧煙雲濤，向著非洲腹地的荒林莽原，向著塞納河畔的曉風殘月，盡情展示了他們佈滿傷痕的心。在他筆下，雨絲花絮、山川河流無不飽蘸著感情，在貌似忘情的風景描寫裡，深深包孕著作者的隱痛悲愁。根據立普斯的說法，海明威是在把他自己的悲涼心緒移置到外在於我們的事物裡去。更重要的是，海明威企圖把外在自然的莊嚴和諧「移置」到自己的內心來，在與自然的交流中認識到作為社會一員的「自我」的局限性，從而緩解社會創傷的灼痛。可是，二十世紀的海明威終究沒有成為十九世紀的梭羅，老獅子舔傷口的「大雙心河」[2]也終究難以成為超驗主義「隱士」結廬的

2　「大雙心河」（The Big Two—Hearted River）為海明威在大自然中休養的地方。

「華爾騰」[3]，更難以成為五柳先生的「桃花源」。回到自然之夢太古老了。如果說萬千的古今文人都曾被驚醒于山林夢酣之時，那麼，在二十世紀工業文明的緊鑼密鼓中苦苦掙扎的海明威，連入夢的機會都沒有得到。歷史宣告他治療創傷的第三個藥方無效。

上述種種治療創傷的藥方固有其消極的一面，但海明威身上時常閃爍著鬥爭性的光芒。困獸猶鬥，海明威何人！他的主人公最初在《太陽照常升起》裡，無力地在一片荒原上徘徊；而在《永別了，武器》中，就毅然與強制性的社會組織決裂；到了《喪鐘為誰而鳴》，小說的主角居然加入了人民的隊伍，與法西斯進行鬥爭。這時，他發現了世界上有值得為之獻身的事業。當然，他這種鬥爭最終也未跳出個人奮鬥的範圍，心上的創傷自然不時復發作痛，《老人與海》就是明證。

---

3 美國超驗主義作家梭羅（Henry David Thoreau, 1817-1862）曾在華爾騰（Walden）湖畔築盧獨居。

是什麼傷害了海明威？

　　首先是戰爭。第一次世界大戰對美國整個青年一代的影響，對美國整個社會組織的更迭，有不可低估的作用。它對於現代社會的發展，更具有重大意義。

　　戰爭原是列強之間尖銳矛盾鬥爭的產物，它反過來又加深了他們內部的矛盾。在「真理戰勝強權」的口號下，二百萬美軍赴歐參戰，其中有包括海明威本人在內的五十萬人傷亡。可是得到的是什麼呢？一紙巴黎和約，歐美列強重排座次，廣大人民一無所獲。青年一代更加苦悶彷徨，心靈、軀體都受了傷。他們回到美國後，又走到早已插好的路標前，路標上的招牌是「忠誠」、「愛國」，可是箭頭卻分明指向「馬恩河大屠場」和「凡爾登絞肉機」。他們去過那裡，他們有權怒吼：

　　「不！這不是我們的路。」

　　海明威一腳把路標踏倒在地後，舉目四顧，卻不知該向何方：

　　「我們迷路了，我們是迷惘的一代。」

　　正是戰爭傷了他們的心，迷了他們的路。

　　此外，經濟危機也作為當代社會的本質屬性而傷害了海明威。海明威給人留下的深刻印象，不但在於他對「美國之夢」的可靠性持有懷疑態度，還在於他總是認為人必須努力探索世界的真實性，並且自認為他的這種探索是有價值的。但是，他對於人是否真能達到真理之岸，又有哲學上的懷疑。他的安慰是探索的過程，而不是探索的目的。這顯然是他在認識論上的悲劇。他把他的世界看做了整個宇宙，

把他對當時社會及其經濟危機的認識上的困難看成是人類不能擺脫的
生存條件。他手持長矛，但沒有盾牌；他威風凜凜，但腳跟不穩。
1929年的經濟危機，終於傷了他的要害。

　　最後，是海明威自己傷害了自己。他遇到了敵人，這敵人就是他
自己。海明威孤軍奮戰，並沒有想從群眾中發現力量的源泉。他像一
個搖搖欲墜的走鋼絲演員，口中叫著「我必須，我必須」，拒絕扶住
身旁的任何支撐物，認為取得別人的幫助是走鋼絲者的恥辱，結果遲
早要一頭栽下來。他越是高踞於群眾之上，就越是容易受傷；越是企
圖拒絕依傍，越容易跌得粉碎。

　　對此，海明威也有所覺察。他在《有的和沒有的》中借莫根之口
說：「一個人不行，現在一個人不行了。」莫根「費了很長時間說出
了這句話，懂得這個道理花了他整整一生」。但海明威自己懂得的並
不透徹，他的「形象大於他的思想」。他如果真的懂得了這個道理，
他就能醫治好他的身心創傷，成為一頭健康的雄獅了。這是海明威自
己造成的悲劇。

　　海明威是一個優秀的觀察者，卻不是個出色的醫生。他自己承認
他只想描述世界，而不想「拯救世界」。他到死也沒有搞清是什麼傷
了他的心。他之所以迷惘，就是因為他發現不了治療他心靈創傷的方
法。他的《老人與海》是很抽象的。不過正因為抽象，它給了讀者和
評論家進行各種解釋的極大餘地。從某種意義上來說，海明威含糊地
在《老人與海》中先給老人以希望，而後把使老人失望的大魚比做傷
心之源。不過這大魚是什麼？海明威諱莫如深，大約他自己也不想知
道。其隱晦程度，與康拉德的《水仙號上的黑傢伙》中的韋特、麥爾
維爾的《白鯨》中的莫比‧迪克不相上下，這就給評論家留下縱橫馳
騁的廣闊原野。結果，有多少海明威研究家，就有多少條大魚。

　　海明威筆下的人物，無一例外都是在肉體上和精神上受到創傷的

人，這是由於海明威本人也是雙重受傷者所造成的。海明威的全部創作動機，就是企圖描述和醫治這些創傷。海明威把他的世界當做了整個世界，把個人暫時的痛苦看作人類永恆的苦難，因而陷入苦悶和迷惘之中，成為美國「迷惘的一代」的主要發言人。海明威早期試圖以不斷運動和迅速脫離固有環境的方法來取得精神平衡，以割斷舊有聯繫的手段使身心復原。這一古老的「逃跑者之夢」，必然以失敗而告終。

美國的海明威研究家 M・考利稱海明威為「一頭老獅子」或許是對的，因為在海明威（特別是晚年的海明威）身上的確有一種鬥爭精神。但他從必然失敗的鬥爭過程本身，而不是從奮鬥目的上尋找安慰，這就使得他的著作充滿「困獸猶鬥」式的悲壯氣氛。所以，海明威應該說是「一頭受傷的老獅子」。

海明威鬥爭過，思考過，也逃跑過，最後一聲長嘯與世長辭。《老人與海》的如荷馬的《奧德塞》般的史詩氣魄，正是他晚年心境的寫照，也是他一生為治療創傷而進行鬥爭的縮影。在這本書中，鬥爭過程的悲涼雄壯——如果不是鬥爭目的的確鑿無誤——宣告了一種信念：失敗者也有尊嚴。糟糕的不是迷路，而是迷了路還自以為方向無誤。

海明威是戰士，是硬漢。他迷了舊路，但總想發現新途；他自己傷口未愈，但總想把藥方留給世人；他在思想上沒有創出奇跡，但他的藝術風格令人歎為觀止。也許有幾個英語作家在題材的深廣上略勝海明威一籌，但至今沒有一個現代作家對英語文體的影響超過他。他自稱「迷惘」，[1]正說明他想找出目標。他失敗了，但雖敗猶榮。

---

1 嚴格地說，海明威除在《The Sun Also Rises》的前言中引Stain的話「你們是迷惘的一代」外，並不以「迷惘的一代」的成員自詡。

　　儘管迷失道路，疲乏不堪，身心受傷，海明威仍是一頭威風凜凜
的老獅子。

　　他是值得尊敬的。

當代英國女小說家

　　自十九世紀以來，英國文壇上女小說家一向引人注目，當代英國
女小說家更是人才濟濟，分外活躍。女作家維吉尼亞・伍爾芙就是本
世紀第一次世界大戰前在英國出現的「現代主義」文學派的代表，她
當時經常與一些作家在她位於倫敦勃盧姆斯布裡區的寓所聚會，伍爾
芙不得不經常坐在男作家中間，因為能與她匹敵的女作家在那時實在
是太少了。現在情況不同了，人們可以輕而易舉地列出許多著名當代
英國女作家的名字，如愛麗絲・默多克、穆麗爾・斯派克、桃莉絲・
萊辛、瑪格麗特・德萊布林、安吉拉・卡特、貝麗爾・斑布里奇等。
男作家有時倒顯得勢孤力單了，無怪乎有些評論家說：「英國婦女在
決定英國的文學形式與特徵方面發揮了較大的作用，這是英國文學和
歐陸以及美國文學的一大區別。」[1]

　　七十年代以來西方出版了好幾部內容充實、立論新穎的研究英國
女小說家的專著，如艾倫・莫爾斯的《文學界的婦女》（1976）、派特
裡夏・M・斯帕克斯的《婦女的想像》（1975）、S・J・卡普蘭（S・
J・Kaplan）的《當代英國小說中的婦女覺悟》（1974）、伊萊恩・肖
瓦爾特的《她們自己的文學》（1977）、派特裡夏・M・斯帕克斯編輯
的《現代英國女小說家》（1977）。1979年，英國著名文學評論家瑪律
科姆・布拉德伯裡（Malcolm Bradbury）編輯出版了《現代英國小
說》一書，書中收錄了勞娜・塞奇艾麗絲寫的《婦女小說：女小說
家》一文。這篇文章把英國女作家稱為英國文學的「敏感的中心」，
對她們一一進行了分析對比。此書是近年來研究英國女小說家的重要
文獻之一。

　　現將一般評論家認為比較重要的當代英國女小說家的簡況介紹
如下。

1　勞娜・塞奇（Lorna Sage）：《婦女小說：女小說家》，見瑪律科姆・布拉德伯裡《現
　　代英國小說》（1979）。

　　艾麗絲・默多克，1919年生於愛爾蘭都柏林市，1948年起在牛津大學任哲學講師，1963年獲牛津大學聖安娜學院名譽研究員稱號，1956年與小說家、評論家約翰・貝雷結婚。她是英國當代最有影響的作家之一。

　　默多克的小說纖細精巧，字裡行間洋溢著智慧和幽默，同時又龐雜繁複，曲折多變。在她看來，人只不過是由於偶然的機緣才闖到世界上來的，被自我、社會和自然束縛得動彈不得。什麼身心自由，什麼主觀能動性，都無非是人們的想像，一概是水月鏡花，可望而不可即。於是，在《鐘》（1958）裡，女主角痛感「世界發揮主觀能動性之日就是它變得無趣無用之時」。《饒舌兒》（1975）的男主角為獲得安全而採取一種被動的生活態度。他放棄良機，避免抉擇，飽食終日，無所用心，囿於小圈子之中，讓赴宴的約會支配自己的生活日程，因為在聚會中，他從滔滔不絕的言談中體會到語言帶給他的權力。

　　默多克認為，人類的語言不足以概括人類的經驗。有些東西存在於我們表達能力之外，儘管我們不知道，更不能描述這些東西，但它們確確實實存在著。這種見解本是哲學和語言學上的老生常談，算不得什麼新發現，不過默多克把這一思想應用到創作技巧上，有意把讀者引入五裡迷霧之中，讓讀者和她一起體會說不出、道不明的迷惑。《亨利與凱托》（1976）就是她精心雕琢、刻意渲染的玄奧故事。繁複的情節和細微的描寫為評論家提供了精細分析的廣闊天地，但在她的迷宮裡穿行之餘難免有人納悶作者那令人眼花繚亂的文筆究竟有多高的文學地位。《神聖的和褻瀆的愛情機器》（1974）的風格就迥然不同了，作者在這裡描繪了男男女女之間的錯綜關係，一路又翻出不少笑話，結果是冷峻與滑稽並存，古怪和幽默交相掩映。

　　默多克是在五十年代和金斯利・艾米斯、約翰・韋恩、艾倫・西

利托、達‧斯多萊、安‧威爾遜等人一起出現在英國文壇上的。她從
同代文學家身上吸取了營養，同時不忘繼承前輩的傳統，並把兩者巧
妙地結合起來，在模仿中有獨創，在融會中見貫通，結果形成了自己
的獨特風格。如，她的《美與善》（1968）、《公正而體面的失敗》
（1970）和《黑王子》（1973），既放手模仿莎士比亞的《仲夏夜之
夢》《無事生非》和《哈姆雷特》，又極力鋪陳狄更斯式的滑稽情節，
同時穿插現代文學的種種技巧，這種巧妙的結合一方面表現了作者不
可抑制的才華，另一方面又顯示出她深厚堅實的學識。她的第一部小
說《網下》（1954）明顯地受了貝克特荒誕哲學的影響，至於《薩
特，浪漫的理性主義者》和《善的主權》（1970）則是純粹的哲學著
作了。

　　1980年3月20日，上文提到的英國評論家布拉德伯裡在北京與我
國作家和外國文學工作者舉行了座談。會上他在談到五十年代湧現出
來的一批有才能的英國作家時認為，這些人中最值得注意的是女作家
默多克和男作家威爾遜[2]。威爾遜近十年來越來越趨向世界性題材，
而默多克則完全轉入內向，一心探索人物的精神世界。

　　另一位享有盛名的英國女作家穆麗爾‧斯派克與默多克有許多不
同之處。她是蘇格蘭人，原為新教徒後改奉天主教，改教後才開始小
說家的生涯，這時她已三十多歲了。天主教思想在她的著作中佔有相
當地位。她一方面知道世界上存在著無常的變化，另一方面又相信宇
宙裡充溢著神定的秩序。在她看來，命運多變是知，死生由命是信，
知和信的結合與對立為她提供了無窮的素材，人們的行為與上帝的旨

2　安格斯‧威爾遜（Angus Wilson, 1913-1991）原在大英博物館閱覽室工作，從1963
　年開始在東英格蘭大學任教授。主要著作有《盎格魯‧撒克遜的態度》（1956）、
　《艾略特夫人的中年》（1958）、《動物園的老人們》（1961）、《並非玩笑》（1967）
　和《似有魔法》（1973）等。

意相抵觸或相吻合為她準備了無盡的情節。

斯派克二十年裡發表了十四部小說，在這二十年裡，她的創作重點已從宗教轉向世俗。這並不是說宗教信仰在她的心目中有所削弱，而是她把注意力逐步轉向針砭社會弊病上了。時代在變化，她的焦點也在變化，國際政治題材、新的文化潮流、通貨膨脹、現代歐洲風物等等都是她作品的主題。她善於揭示人們平凡和瑣碎生活的陰暗面，這些人從商人、教師、電影製片商直至騙子、勒索者、殺人犯無所不有。斯派克盡情嘲弄他們。不過這種嘲弄是寬宏大度和與人為善的。她往往打破時空限制，用現在時講述過去和未來的事情，信手把未來拉到現在，把現在送往過去，其間雜以似非而是的議論，對新教的嘲諷和對死亡的探討。《安慰者》（1957）講一個走私集團的故事，涉及宗教和文學創作等問題。《魯濱遜》（1958）的主角是三個困在小島上的人，不過這三個人從思想到行為處處與笛福的魯濱遜形成鮮明對照。《死亡備忘錄》（1959）的主題是老人與死亡。《布羅迪小姐的青春》（1962）講一個女教師由於在課堂上宣傳性問題和法西斯主義而被開除的故事。

從這些情節看，斯派克的小說與歐美多數作家並沒有什麼區別，評論家有時把她比作英國的歐茨，還說她有法國「新小說派」的味道。不過，斯派克在許多方面是與眾不同的，她在靜中觀動，把社會的種種變遷看成暫時和反常的現象。她終究久受宗教的薰染，原先她的人物在神的監護下為保護靈魂而鬥爭，如今他們在沒有上帝的社會中為爭肉體的生存而苦鬥。正因為如此，評論家把斯派克的作品稱為「寓言」。

桃莉絲・萊辛在非洲南部長大，1949年來英國，第二年就發表了第一部小說《青草在歌唱》（1950）。評論家對這部書評價很高，有人說它是英國二十世紀中期的幾部名著之一，當然這種說法是否準確還

有待時間的考驗。萊辛視野寬闊，取材廣博，舉凡羅德西亞風物、婦
女問題、政治鬥爭乃至貓的生活等等無一不被她採擷、剪裁入書。她
最關心的自然還是婦女問題，特別是知識婦女的生活，諸如她們的心
理、政治生活、與男人和孩子的關係以及隨年齡增長而來的變化等
等。近年來，她對精神病很感興趣，著意探求瘋人與「失常的世界」
之間的關係。她早在1969年寫的《四門之城》中就說過：「社會組織
得如此嚴密又這般成熟，一個人心中信奉的真理是很難被接受的，如
果他用瘋狂和悖謬的方式表現自己的想法，或許還有希望被人接受，
所以應該通過瘋狂或類似的途徑來追尋真理。」

在她的著作中，《金色筆記》（1962）最享盛名。評論家大衛·洛
奇說：「近年來給我印象最深的小說之一是桃莉絲·萊辛的《金色筆
記》。在這本書裡，作家似乎在應用現實主義小說的傳統，同時意識
到傳統的局限性，她把這種認識貫穿於小說之中，於是讀者有了一個
有趣有益的對比：作者一方面應用了表現經驗的傳統創作手法，另一
方面對傳統提出了好奇、大膽和真誠的疑問，問題所及幾乎涉及藝術
和現實的一切領域。」[3]這部小說環繞小說家安娜·伍爾芙的寫作生
活展開，安娜的觀點表現了對托爾斯泰和湯瑪斯·曼的懷念，反映了
心理和文化的分裂，是小說、文學批評和藝術的結合。

《黑暗前的夏天》（1973）和《倖存者回憶錄》（1974）兩書表現
了貫穿萊辛作品的主題之一──社會實踐與精神世界的衝突。她的其
他著作有《良緣》（1954）、《重返天真》（1956）、《風暴的餘波》
（1958）等。

瑪格麗特·德萊布林被人稱為當代的蓋斯凱爾。她不但在烘托家
庭氣氛方面與蓋斯凱爾相同，而且引用的《聖經》和《天路歷程》的

3　David Lodge, *The British Museum Is Falling Down*, London, MoGibbon & Kee, 1965, p.158.

句子也與蓋斯凱爾無異。《針眼》（1972）的主角是一對夫婦，他們為了維持表面的和諧拼命磨光自己的棱角，儘量避免互相得罪。看來他們心懷一個悲壯的願望，就是把多年積聚起來的不幸轉化成未來的新生活，但他們的戰場不是世界，也不是他們所居住的城市，而是自己的小家庭。在英國當代女作家中，最注意家庭生活的可以說是德萊布林了，她的注意力甚至從家庭的組織形式轉向家庭的物質形式，家裡的擺設、傢俱似乎與男女主人公同呼吸共命運了。人們常說，英國人的家庭就是他的城堡。英國法學家愛德華‧科克也說過「家庭是你的城」。儘管現在大家天天在說當代西方家庭瀕於解體，已經早已不是社會生產的單位了，但它終究是一個社會消費單位，是許多人消磨起碼三分之一時間的所在。要是只有默多克、斯派克和萊辛而沒有德萊布林，那麼英國當代文壇必定不能反映英國的社會全貌。至於家庭有多麼可愛就是另一回事了。讀德萊布林的書很容易使人想起法國作家紀德的名言：「家庭，我恨你。你是關閉的大門，是憧憬幸福的眷念之地。」

德萊布林的其他主要著作有《夏日的鳥籠》（1963）、《磨石》（1965）、《金子的領域》（1975）和《冰河時代》（1977）等。

安吉拉‧卡特是一個頗為新奇的女小說家。與其他成名的英國當代女小說家相比，她是很年輕的。評論家說她受益于法國文學而不是英國文學，甚至有人說她與日本文學有不解之緣。她的小說有時像浪漫電影，又有時像科幻小說。在她筆下，人物可以從一種身份轉化成另一種身份，甚至從一種性別轉變成另一種性別，如《新夏娃的激情》（1977）。表面看來，這種情節似乎荒誕無稽，實際上，卡特正在進行著大膽的實驗。

貝麗爾‧貝恩布裡奇是七十年代才開始嶄露頭角的英國女小說家。她筆下的男女人物在令人煩惱的日常生活壓力下背叛自己的感

情。外來的災難和日常生活的相逢是貝恩布裡奇百談不厭的主題。
《平靜生活》（1976）的背景是戰火紛飛的四十年代，《受傷的時代》
（1977）的素材來自報紙上逐年報導的日常災難。

此外還有不少女作家在不同的領域裡和不同的程度上取得成績，
由於篇幅所限就不在這裡贅述了。

薩拉·艾麗絲在1843年說過：「女人從搖籃到墳墓都是重感情輕
行動的，她們的最高職責是逆來順受，而快樂只是相對的。女人一無
所有，一無所長，全部經驗只是一片空白，然而，她們感興趣的領域
卻與人類一樣廣大，與生活一樣無邊，與永恆一樣久遠！」[4]

這話一聽就不是出自現代英國婦女之口，甚至不是出自十九世紀
英國婦女之口。十九世紀英國婦女的社會地位是當時全世界最高的，
她們的經驗已不是一片空白。在喬叟和莎士比亞的時代，艾麗絲的話
是不錯的，那時婦女是文學中的被觀察物件，到了勃朗特姐妹的時
代，她們的最高職責已不是逆來順受了，但她們依然感受多於行動，
儘管她們認為自己應該而且有能力投身男子社會，但她們介入的領域
卻依然沒有她們感興趣的領域那麼「廣大、無邊和深遠」，從嚴格意
義上來講，她們還不是行動者。而當代的默多克、斯派克和萊辛等人
的經驗範圍與她們感興趣的領域已經重合，她們及其筆下的婦女既體
驗人生，又主動行動，乃至向傳統的價值觀念挑戰，她們關心的是自
己的最高興趣而不是最高職責。當代英國女小說家的最高興趣之一是
婦女在家庭和社會中的地位，與此相關，她們充分意識到並儘量利用
自己作為女小說家的特點，創造出一個又一個「行動婦女」的形象。

但是在藝術手法方面，她們並沒有形成有別于男作家的共同基
礎。正如莫里亞克所說「女人並不存在，存在的是各式各樣的女

4　薩拉·艾麗絲：《英國的女兒們：她們的社會地位、性格和職責》，頁124。

人」。對她們分門別類進行研究的根據在很大程度上只不過是她們的性別本身。當代英國文學困難重重，女小說家也面臨許多難以回答的問題。諸如，是遷就評論家還是取悅讀者，是遵循傳統還是自創新路，是推崇理性還是放任感情，家庭、愛情、性、暴力在文學中應占何等地位，理想的社會是什麼，理想的人又是誰等等。她們不得不認真回答或精心回避這些問題。她們或許能從男作家那裡爭得一批讀者，但她們在多大程度上提高了文學本身在英國社會中的地位，還有待時間的考驗。

「黑色幽默」的藝術手法

　　六十年代，美國文壇出現了一批中、青年小說家，創造了一種被稱為「黑色幽默」的文學流派。他們的代表人物有約瑟夫・赫勒、小庫爾特・馮內古特、約翰・巴斯（John Barth）、湯瑪斯・品欽，唐納德・巴塞爾梅等。

　　這一派小說家調動一切可能調動的藝術手法，把他們所處的周圍世界和「自我」的滑稽、醜惡、畸形、殘忍和陰暗放置在他們獨特的哈哈鏡前加以放大、扭曲、延伸，使其更加荒誕不經，從而給讀者以震動。「黑色幽默」的黑色二字，表明這是一種陰暗和悲觀絕望的幽默。

　　這一流派出世不久就廁身主流文學的行列。六十年代中、後期達到全盛，至七十年代有衰落的趨勢。1965年評論家弗裡德曼題為《黑色幽默》的專集發表後，一般評論家認為「黑色幽默」是美國六十年代最有代表性的流派，其中的赫勒與索爾・貝婁、諾曼・梅勒和約翰・厄普代克被某些評論家稱為美國當代有代表性的四個重要小說家。

　　從哲學基礎上看，「黑色幽默」仍舊在「存在主義」和「佛洛德」主義的大海中尋找「自我」和攻擊「荒謬的現實」；從內容上看，「黑色幽默」也未跳出美國當代文學「性和暴力」的窠臼。那麼「黑色幽默」何以異軍突起，與「猶太文學」、「南方文學」等流派並駕齊驅呢？這主要是「黑色幽默」派文學在創作手法上有獨到之處。下面我們試圖分門別類地分析一下「黑色幽默」的藝術特色。

題材

　　富曼諾夫說過：「我們在和材料進行鬥爭，在選擇用什麼，不用什麼。」那麼「黑色幽默」作家用了什麼呢？

　　與美國六十年代的社會動盪不安相聯繫，美國六十年代傳統的描寫現實的小說江河日下，新聞小說扶搖直上。嬉皮士，戰爭憂鬱症，兩性混雜，宇宙探索及荒謬的社會現實成為熱門題材。「黑色幽默」捲入了這種潮流。但「黑色幽默」不採取新聞小說在選材方面力求「真實」的描述方法，而喜歡選擇意義不明，搖擺不定，似夢似醒，似大徹大悟又似隔霧看花的特殊場面。這種場面為「黑色幽默」派小說家提供了否認舊標準、樹立新價值的無窮無盡的題材。這些題材本身並不限於對其描述範圍內的分析與揭露，而是大大超越表面題材本身，形成對精神問題和社會問題的種種隱喻，從而表達作者對歷史進程的某種見解。他們認為自己有權對全人類的命運發表評論，並有權描繪全人類的內心世界，實際上他們只是站在自己特定的社會地位講話，他們的題材也脫離人類主要的實踐——生產勞動。所以他們自認為有普遍意義的題材並不全面反映美國的社會生活，他們的心理狀態也並不代表美國全體人民的思想。儘管這些題材把矛頭指向包括統治階級在內的一切權威，也揭露了資本主義社會的許多矛盾，但距離自覺發掘周圍社會的本質還有漫長的距離。

　　下面僅從赫勒和馮內古特等人的一些作品看看「黑色幽默」的題材特徵。

　　赫勒的《第二十二條軍規》是以第二次世界大戰中一支美國空軍

中隊的經歷為題材的。但這本書不是一本「戰爭小說」，赫勒不是真心描述第二次世界大戰，而是企圖刻畫出全人類在敵對環境中的內心體驗，並在一定程度上揭露諷刺了資本主義社會。這本書採用複雜的手法，闡明了對於歷史的一種引人注目的、不尋常的看法，嘲笑了「自由競爭」中的強者，其最終目的在於告訴讀者很少的歷史，較多的人生哲學。

赫勒的《出了毛病》，其內容是一家大公司裡一個經理人員的內心獨白。著重刻畫他在一切都成功的外表之下的內心苦悶孤獨，和他「認為自己被排除在某種陰謀之外」的不安全感。

馮內古特的《冠軍早餐》是寫一個科學幻想小說家和資本家相遇的故事。前者告訴後者，世界上只有後者一個人有自由意志而引起後者精神失常。《萬有引力之虹》描寫第二次世界大戰時美國間諜對德國秘密武器 V-2 進行偵察的故事。「萬有引力之虹」就是導彈發射的軌跡。《貓的搖籃》是一本「末日小說」，旨在說明一切都是謊言。《上帝保佑你，羅斯沃特先生》寫一個大資本家「還財於民」的故事。《黑夜母親》寫一個充當希特勒英語廣播員的美國情報人員的故事。《五號屠宰場》寫戰爭中大規模轟炸的恐怖。《泰坦星的海妖》描寫其他星球上的人暗中支配並愚弄地球上的人。短篇小說《靈魂出竅》講自由出入肉體的精神的故事。《教堂之城》描述了一個進入莊嚴古老的「教堂之城」的輕浮女子。

在「黑色幽默」作者筆下，美國傳統文學中那個開發西部的皮襪子（leather stocking）、芝加哥街頭的那個一心向上爬的「窮小子」、紐約交易所中的那個投機者，變成了人格分裂的知識份子和怕死的士兵及在離奇環境中掙扎的精神畸形人。他們的共同點不是可敬，也不是可憐，而是可笑。不久以前，私人的精神生活還是那些「嚴肅」作品的主題，但是「現在這個主題顯出一種古老而滑稽可笑的樣子」（索

爾・貝婁《略論當代美國小說》)。環境的險惡,「自我」的孤獨,內省、自疑成為喜劇主題。「我的」發展,「我的」危險,「我的……」如果說司湯達早就對這種喋喋不休的「我,我,我」給予痛斥,那麼當代的「黑色幽默」作家就抱著「雙重心理」對其放聲大笑了。

如果說十八、十九世紀的幽默小說諷刺了那時的人們為爭取按照資本主義價值規律得到社會地位的渴望的話,那麼「黑色幽默」就表現了他們的後代,為保有現有的一切所進行的鬥爭和他們由於對周圍的一切不能適應而需要冷嘲熱諷的「又恨又愛」的矛盾心理。

單憑題材,還不足以把「黑色幽默」的藝術手法與其他文學區分開來。正如這一流派定義所規定的,「幽默」是其基本技巧和獨樹一幟的基礎。

幽默

　　馮內古特對「黑色幽默」的解釋是，這是一種「Gallow Humor」，我們一般譯作「大難臨頭時的幽默」。其實如果乾脆直譯成「絞架下的幽默」也許更傳神，因為這樣能使人聯想起美國民間的一個笑話：

> 在一個對死囚執行公開絞刑的日子裡，絞架旁聚集了大批觀眾。可是囚犯遲遲未見解來。監刑人、劊子手和觀眾都等得不耐煩了。終於，獄卒押著囚犯來到刑場。囚犯看到人們焦急貪婪的目光不禁笑了，他得意地說：「沒有我，你們什麼也幹不成。」[1]

　　絞索套在脖子上，傳統小說中的描寫必定是情人淚如雨下，主人公從容悲壯，觀眾麻木不仁，仇人拍手稱快。「黑色幽默」作家卻做個鬼臉，聳聳肩膀。看到聚集在絞架旁的芸芸眾生，不禁哈哈大笑。這種幽默是企圖把內心無形的恐懼，變成有形的大笑，把主觀的東西外化成客觀的東西，把置身事中的自己，變成旁觀的第三者，即 T.S.艾略特所謂「自我戲劇化」。這笑聲既表現了對死置之度外的超然態度，又表現了對生活的無限留戀。既表現了對現實生活的憤恨，又表現了對現存社會的期望。這笑聲既是敵意，又是和解；既是苛責，又是原諒；既是自嘲，又是笑人，總之還是 ambivalence（又恨又愛）。

1　Lewis Copeland, Faye Copeland, *10,000 Jokes, Toasts & Stories*, Doubleday, 1965.

馮內古特在《冠軍早餐》中借主人公之口這樣解釋為什麼在不幸時需要笑：「他（Dwayue）想和他們（藝術家們）談談，如果辦得到的話，他想發現他們是否有他從未聽說過的人生真理。他希望發現的新真理能為他做的事情是：使他對自己的不幸大笑，使他活下去，使他不進為瘋子設立的米德蘭縣的諾斯文總醫院。」

然而這笑聲並不是忘情得失的陶然的歡笑，又不是看到事情滑稽逗趣的捧腹大笑，而是一種無可奈何自我解嘲的笑——在看到某種事物的醜惡的同時，又看到其中的詼諧，希望從發現事物的詼諧中給自己找出活下去的勇氣。

本來在英語裡說人有幽默感（sense of humour）就有恭維人聰明（intelligent）的暗示。《黑色幽默》作家從大家認為嚴肅的事情中發現可笑之處，往往帶有精神上超凡的得意之感。這種幽默感是有高度知識背景的人的幽默感。這樣看來，出自學歷深厚的「黑色幽默」作家的笑聲主要在美國大學的校園中回蕩就不足為奇了。

「黑色幽默」作為一種美學形式，毫無疑問屬於喜劇範疇，儘管它是一種變態的喜劇，當代資本主義社會現象的喜劇性不是作家憑主觀意志創造出來的，而是西方社會本身的現象和本質之間本來就存在著喜劇性的矛盾。

馬克思在《〈黑格爾法哲學批判〉導言》中指出：「當舊制度還是有史以來就存在的世界權力，自由反而是個別人偶然產生的思想的時候，換句話說，當舊制度本身還相信而且也應當相信自己的合理性的時候，它的歷史是悲劇性的……現代的舊制度不過是真正的主角已經死去的那種世界制度的丑角。歷史不斷前進，經過許多階段才把陳舊的生活形式送進墳墓。世界歷史形式的最後一個階段就是喜劇。」

帝國主義是資本主義的最後階段。它的存在本身就是不合理的，就是一種「喜劇性」。「自由資本主義」時代的悲劇的主人公相信世間

有正義，只是自己的錯誤和偶然的機緣使正義得不到伸張，他們的失敗是悲壯的。帝國主義時代的喜劇的主人公「失去了自我」，失去了生存的目的性，他們的失敗是可笑的。其實，他們根本無所謂失敗，對於沒有目的的人來說，成功與失敗的概念是根本不存在的，有的只是淒涼的嘲諷──笑別人也笑自己。

情節發展與人物性格

　　「黑色幽默」作家對情節發展的處理打破時空的限制，強調個人內心世界廣袤無限，它不受時空約束，可以超越社會道德和風俗習慣的制約。這些作家塑造的人物或者天真幼稚，或者狂妄自大，但決無使命感。這些人物的生命力不在於他們有超自然的力量（常見於神話），也不在於他們有超乎眾人之上的智力與體力（常見於浪漫主義文學）或超過常人的敏感性（常見於現實主義文學），而在於他們在外界的一系列必然的和可怖的事物面前表現出的驚人的無能為力。人物不是飽滿的真實生活的寫照，而是作者以主觀描寫的手法描繪的漫畫（馮內古特甚至真的在行文中插入自繪漫畫）。

　　在情節方面，重複和強化代替了變遷和發展，同樣的事情經常發生，但作者不屑說明這一切的原因何在。赫勒曾公開宣稱，人生是受某種非人的力量控制的，並且這種控制力不斷加強。「黑色幽默」中人物情節的顛倒，或許正是對那種含糊的神秘力量畏懼的反映。

　　比如在《第二十二條軍規》中，死亡並非緩慢來臨而是滲透在全書的各個方面。人物死了又生，生了又死。一個人物為證明自己沒死，竟大吵大鬧起來。他的妻子一會兒聽到他死了，一會兒又聽說他活了，以至一會兒哭一會兒笑，最後不耐煩到了極點，不再介意丈夫的生死了。渾渾噩噩，生生死死，本末倒置，如同夢境。可是當那些滑稽可笑的人物最後終於不再復活時，讀者受到極大震動。

作者對讀者和自己的態度

　　「黑色幽默」作者對讀者的態度是儘量使讀者感到一種親切感。卓別林認為觀眾是「無頭怪物」。蕭伯納常拿觀眾打趣。福克納對讀者「極為殘酷」。海明威對讀者未免過於冷靜矜持。「黑色幽默」作者則把讀者看成幼時的遊伴，嬉笑怒罵全無顧忌。往往有意無意作出了不在乎讀者反映的態度，仿佛在說「反正我說完了，信不信由你」。

　　比如馮內古特作為作者（不是以「我」出現的劇中人），經常出入情節與人物插科打諢，天南海北扯上幾句，拿國歌、國旗開開心。甚至還悄悄地告訴讀者說他曾擔心自己得了精神病。他甚至自言自語討論起自己的書架：

　　「這是你寫的一本壞書。」我（作者）對著鏡子說。

　　「我知道。」我說。

　　「你擔心你可能像你媽媽一樣自殺。」我說。

　　「我知道。」我說。

　　這樣，《黑色幽默》作家馮內古特就具備了以往的幽默作家的作品中不常出現的特徵──作者本人的自嘲。

意識流

　　第一次世界大戰後，一種新的文學技巧流行起來，這種技巧企圖模擬內心活動片斷而不加以解釋。西方評論家稱其為「內心獨白」（interior monologue）或「意識流」（stream of consciousness）。「內心獨白」和「意識流」幾乎沒有什麼區別，用法文寫作的批評家採用前者，用英文寫作的批評家採用後者。意識流小說利用心理分析，試圖「忠實」地再現一個或幾個人物的全部意識領域。小說的結構、主題或是一般效果，都要依賴人物的意識作為描寫的「銀幕」或者電影膠片表現出來。這裡意識實際上就是注意力的整個範圍，包括逐漸趨向無意識和完全覺醒狀態的演變。「黑色幽默」小說家廣泛採用了這種新鮮的技巧，以達到幽默和冷嘲的效果。1974年出版的赫勒的第二部小說《出了毛病》典型地運用了「內心獨白」的寫作手法。小說通篇是一家美國大公司裡一個名叫斯洛克姆的經理人員的內心獨白。他述說自己經營的公司業務發達，有條不紊。他由於工作出色，不斷得到提職提薪。他手中的錢足夠他尋歡作樂。鄰居和同事都羨慕他，尊敬他，然而他卻天天在恐懼中生活，認為一定是什麼地方「出了毛病」（「Something Happens」）。在他有條不紊的外表下掩蓋的是內心的空虛與混亂。

　　為了維護自己的地位，他付出了很高代價──丟掉了自己的本性，為此，他作了長篇內心獨白，但他的內心獨白與維吉妮亞‧伍爾芙《海浪》中的著名內心獨白不同。在《海浪》中，人們總可以把作者敘述的文體和人物的沉思的文體區分開來。伍爾芙主要手法是採用

一套固定形式的內心獨白插以天空中太陽的方位和潮水漲落變化的詩意的散文。而《出了毛病》中的內心獨自，在伍爾芙看來必定真「出了毛病」──真實與想像混成團，生活既不如詩又不如畫，天天是緊張的社會壓迫，時時擔心什麼災難落到頭上，「有一種讓人排除在外的感覺」。這是一種可笑又荒謬，令人毛骨悚然的內心獨白：主人公害怕關著的門，懷疑門裡有什麼陰謀在進行，可是又害怕把門打開，看到裡面的醜惡。周圍的人也和他一樣，煩惱無窮。天天都有一些人自殺，一些人變成了瘋子，主人公也懷疑自己快成了瘋子。這種「內心獨白」成功地表現了在工業高度發達的充滿競爭的繁華外表背後，人們內心所承受的巨大壓力。

在赫勒的《第二十二條軍規》裡，意識流的運用不如《出了毛病》那麼明顯，但赫勒同樣把注意力集中在主要人物的意識上，人物以略帶象徵性的冷雋對話吐出自己不連貫的感受，但是總是與作者本身的風格完全契合。書中有兩種傾向，一種是要保持意識的半透明性質，使人物的心情能直接記載下來（比如尤索林求生的願望和對環境的厭惡），另一種是要建立一套象徵性的偶像（米洛象徵國際壟斷資本，卡思卡特象徵官僚集團，斯克斯考夫象徵軍界）。這兩種傾向的結合，為當代美國小說開創了新的境界。

「意識流」是一種寫作技巧，不是寫作目的，因為長期以來「存在主義」和「佛洛德」主義小說家喜歡運用意識流小說表現他們的思想，所以使人們容易把寫作手法和創作指導思想混為一談，誤把意識流和某某主義聯繫起來。

調動科學概念

　　「黑色幽默」小說家大都受過完全的教育，他們的知識領域一般比較寬闊，他們喜歡把自然科學的一些概念拉進文學創作中來，這也是當代科學發展的必然結果。

　　品欽認為主宰人類命運的是物理學中的熱力學第二定律，因為「熵」（entropy）有不斷增加的趨勢，太陽和地球上的熱能逐漸散發，因而活動越來越緩慢，最後熄滅，這就是「熱寂」（heat death）。把這一概念移植到社會中來，「熵」的增加意味著戰爭和陰謀的增加，人類社會必將如 T・S・艾略特所說：「噓」的一聲完蛋。

　　馮內古特認為鬥爭來自「動力緊張關係」（《貓的搖籃》）或頭腦中有害的化學物質（《冠軍早餐》）。

　　「還原論」是這一哲學的濫觴。「還原論」認為一切社會現象可以用生物學來解釋，而生物現象可以用物理和化學來解釋。約翰・倫納德說：「我們把一切問題歸咎於科學，而科學把一切問題歸咎於我們，但科學仍然主宰著大部分的靈感和激動，也就是頭腦中的蛋白質。」當然世界上除了物質的運動和運動的物質之外就一無所有了，我們完全可以探討一切運動的物質性，但「黑色幽默」的解釋太膚淺荒唐了。儘管馮內古特本人就是寫科學幻想小說出身的，但「黑色幽默」與科學幻想小說是大相徑庭的。他們的科學道理經不住推敲。但我們應注意到他們的名稱為其規定的性質——「幽默」及其定語「黑色」，這樣我們就能發現他們無非是想說社會現象是宇宙大運動中的

一幕，人類主宰自己命運的能力實在是有限的。他們的「科學」道理
是用來開玩笑的，但它顯然和宿命論未能劃清界限。

修辭和語法

　　「黑色幽默」自修辭和語法問世以來，一不具備獨創的思想，二不掌握驚人的材料，居然縱橫美國，很重要的原因之一是這批作家調動了各種修辭和語法手段來強化語言效果。

　　「黑色幽默」作家的語言特色各有不同，有人冷語冰人，似淺實深（赫勒《第二十二條軍規》）；有人海闊天空，娓娓而談（馮內古特《冠軍早餐》）；有人艱深晦澀，令人如墜五裡迷霧（蓋迪斯《小大亨》）；也有人零亂滑稽，使人莫測高深（如巴塞爾梅的作品）。但在下述修辭和語法特點上，我們可以發現一些共性。

A. 寓言

　　有的「黑色幽默」作家採用十八世紀常用的手法：在故事開頭插入模擬歷史的長篇序言，來保證故事的「真實性」。如約翰‧巴茨的《牧羊童賈爾斯》，馮內古特的《黑夜母親》等。這種有意的「此地無銀三百兩」式的聲明，更使人注意到作家的借題發揮，暗示表面語言之外的普遍意義的動機。

　　因此這些寓言是精心設計出來的。上面我們已簡述了一些故事的情節，並提到了這些故事的寓意，這裡就不再贅述。對這種寓言的作用，西方評論家有過許多不同見解，斯科爾斯說過，「當代寓言比古代寓言更有條理，更能激發感情……它像古代寓言一樣使我們歡樂，給予我們力量。」對此，奧爾德曼反駁道：「但它所提供的歡樂常因

痛苦而變得十分複雜，比支撐我們的廢墟碎片好不了多少。」不過他
又說：「我用這個標題（『寓言』）並不因為它表明我們初次到達寓言
世界，而是因為其中有些小說明顯地使用寓言形式來越過荒原。」
（他的書名即為《越過荒原》）

B. 誇張

「黑色幽默」作家慣用誇張這一修辭手段，放大（或縮小）人與
環境不相適應之處，使荒誕之處更加荒誕，達到震動讀者的藝術效
果。請看一個投機取巧的軍隊伙食管理員在採購時能受到何種歡迎：

> 卡車進入市區，就緩緩駛行。快到市中心，歡聲更是雷動。學
> 校裡的男女學生都放了假，穿上新衣服排列在人行道兩旁，手
> 裡揮動著小旗子。大街上人山人海，歡聲四起，街道當中高懸
> 著米洛肖像的巨大橫幅。……一排排精神抖擻的青年男女手挽
> 著手，擠在後面蹦蹦跳跳，一面呆瞪著雙眼，一面用帶點嘶啞
> 的聲調敬慕地喊著「米——洛！米——洛！」（《第二十二條
> 軍規》）

這種使人聯想起歡迎國家元首的場面的誇張，旨在暗示統治集團
首腦人物不過是米洛一類的人物而已。

此外還有反誇張（故意縮小，反而達到誇大的效果），如馮內古
特稱手槍不過是在人身上鑽個小洞的東西。這種「欲擒故縱」的手法
大大增強了誇張的效果。

C. 比喻

「黑色幽默」大量運用比喻中的明喻、暗喻和借喻等手法[1]來加強語言效果。比如馮內古特在《冠軍早餐》中，慣於使用這種比喻方法：先用明喻與暗喻指出兩種事物的聯繫，當這一概念在讀者頭腦中建立起來以後就連篇累牘地拋開本體，單用喻體來達到喜劇效果。這種手法幾乎遍佈全書每一個章節。

比如作者諷刺喝酒時說酒不過是酵母吞食糧食後的排泄物，以後他就反反復複地把喝酒叫做喝「酵母糞」（yeast excrement），以達到諷刺效果。

《冠軍早餐》的中心思想是：人是機器。意即人是物質的。在整個宇宙大運動中無可奈何，任人宰割。作者在應用明喻和暗喻闡明這一觀點之後，就鋪天蓋地般地用機器這一喻體代替起人這一本體來了。一對吵嘴的夫婦是「打架機器」（fighting machine），打架的原因是女的想讓男的成為「造錢機器」（money making machine），男的想讓女的成為「家務機器」（house keeping machine），男的一怒之下趕走了女的，後者就成為「哭泣機器」（weeping machine），男的就跑去找他的朋友「喝酒機器」（drinking machine）和「性愛機器」（fucking machine），後來男的悔悟成為「道歉機器」（apologizing machine），女的受了感動成為「原諒機器」（forgiving machine）。

這種不厭其煩的比喻，為表現小說的主題提供了廣闊的天地。這滑稽的比喻並沒有使小說變得輕鬆，而是使「黑色幽默」的黑色更濃。這一大堆「機器」表現了作者對人類主動性的不信任和對世界缺乏明確意義的絕望感。

1　這幾個名詞和內涵根據陳望道著《修辭學發凡》，與英語的simile，metaphor或metonymy意義不盡相同。

《第二十二條軍規》這一標題本身所作的比喻可能是美國文學中運用比喻最成功的例子之一。尤索林感到「第二十二條軍規」是無法逾越的障礙，這個世界到處都是第二十二條軍規，它像天羅地網一樣鋪天蓋地般地統治了全世界，全書都為這一比喻服務。作者成功了，英語中新增加了一個詞彙「Catch-22」，即難以逾越的障礙或無法擺脫的困境。這種為英語增加新詞彙的成功可以和莫爾之創造 Utopia，史帝文森之創造 Jekyll and Hyde 或希爾頓之創造 Shangri-La 在文學史上媲美。

D. 句法結構

「黑色幽默」各家在句法結構上很不相同。如《冠軍早餐》通篇用簡單的語句，模仿天真學生們的鬆散句法（loose sentence construction），非規範語法（grammatical irregularity），贅述（redundancy），重複（repetition）和含糊（vague expression）等這種文體家所嘲笑的幼稚文體來達到深刻的效果。而赫勒的《第二十二條軍規》的句子就很冗長，它本是描寫夢魘的，結果小說本身也成為糾纏不清的夢魘。

「黑色幽默」的藝術手法不是無土壤、無養料的文壇怪草，它的形成是有美國文學土壤的培育和世界文化的澆灌的。作為每一種手法本身，發明者的桂冠都落不到「黑色幽默」作家的頭上，但把各種手法集中起來，「黑色幽默」作家確實表現了自己的首創精神。

僅舉「幽默」為例，「黑色幽默」就與荒誕派戲劇有不解之緣。比如荒誕派戲劇《泰特斯‧安德洛尼克斯》一劇中，泰特斯看到他兩個兒子的頭顱後——用平板車快快活活地推上舞臺——捂住嘴咯咯地笑了。這種表現手法與「黑色幽默」非常相似。

「黑色幽默」並不是手法的發展，而是作家對世界和人的態度的

變化。幽默在西方一直是一種情趣，現在成為一種生活態度。從本質上說，「黑色幽默」是一種態度，是對個人和外界關係的一種調整。憤怒到了絕望的境界，絕望到了覺得滑稽的地步。馮內古特有一個自畫像：鼻子裡冒煙，眼睛裡掉淚。這可說惟妙惟肖地勾勒出「黑色幽默」作家的思想態度。

　　「黑色幽默」作為一個流派，主要特點應該從其思想及生活態度上去挖掘。但僅此還不足說明「黑色幽默」馳騁美國文壇十餘年的原因。除了共同生活態度這個立足點外，共同創作手法的紐帶把他們連接在一起了。這種手法使他們在極為困難的文學任務面前取得了很大成績。隨著時代的發展，「黑色幽默」在美國及世界文學史中的地位將表現得更清楚。

　　這就是我們為什麼要研究「黑色幽默」的藝術特點的原因。

附文（一）
比較文學縱向與橫向研究

　　分析比較文學的研究狀況，可以從縱橫兩個角度入手。縱為「時」，或歷史發展；橫為「空」，或地域流派。故縱橫即為時空。如果我們討論比較文學發展階段，即為縱向「時間」的研究。如論及法國學派、美國學派等即為橫向「空間」的研究。縱向為理論的發展，橫向為地域的劃分。

　　先看縱的角度。從比較文學發展史上看，筆者認為，這門學科的發展可分為五個階段：

一、前比較文學階段

二、實證主義期

三、文本（Text）研究期

四、符號研究期

五、擴展期

　　A‧F‧維爾曼（A. F. Villemain）於1827至1829年間在巴黎大學講課時首先使用「比較文學」一詞。1886年英國人 H‧M‧波斯奈特（H. M. Posnett）發表《比較文學》一書，系統研究這一學科。學術界一般以這兩個日期為比較文學之開端。實際上，在此之前，對文學進行比較研究的學者很多，我們可稱之為前比較文學學者。

　　在西方，前比較文學可追溯至古希臘羅馬時期。荷馬在史詩中就有對小亞細亞和歐洲文藝風格的對比。柏拉圖將古希臘文藝與「理想國」中的文藝（實際上是對文藝的否定）進行虛構對比。賀拉斯將羅馬帝國奧古斯都時代的文藝與希臘文藝進行比較，得出「古典主義」

的基本原則，宣導以希臘文藝為形式，以羅馬精神為內容的新傳統。朗迦納斯的《論崇高》主張羅馬文化向希臘文化的「崇高」學習。如此種種，羅馬與希臘文藝的對比是羅馬時期學界風尚。

中世紀的西方文學成了神學的奴婢，比較之風江河日下。但由中世紀末的但丁開始，在進入文藝復興的歐洲，人們又開始「言必稱希臘羅馬」。十六世紀義大利的「古今之爭」實際是比較文學在「縱」（古今）和「橫」（希臘與義大利）方向上的大論戰。明屠爾諾站在古人一邊，提出寧可相信亞里斯多德、賀拉斯也不相信「這些人」（當代民間詩人）的「才力和學問」。與此相反，同時代的辛蒂奧則在縱的對比中站在「今」（文藝復興時期）的一方，在「橫」的對比中站在本土（義大利）一方。他在《論小說的寫作》中指出古代神話與敘事詩有著相同之點。認為荷馬本人，就其精神來說，頗與當代民族詩人雷同。這種分析角度兼備後來所謂「影響研究」和「平行研究」的特點。

至於西方後來古典主義、啟蒙運動等時期的學者，對文學縱與橫的比較研究更是滲透於各種論述之中，特別是浪漫主義時期的歌德。他在維爾曼提出比較文學概念的同時，也是在比較文學研究系統化之前幾十年，提出「世界文學」這一概念。1827年，歌德在評論其劇作《塔索》的法文改編本提出「世界文學」時說，「一種普遍的世界文學正在形成，其中替我們德國人保留著一個光榮的角色。」

歌德可以稱為西方前比較文學研究的最後一人。從荷馬史詩到歌德止，西方前比較文學時期有三千年之久。在比較文學研究中，這段歷史不可忽視。

在中國，前比較文學時期同樣漫長。《山海經》對海外虛構半虛構的國度做了荷馬型的神話比較。春秋戰國時期對各諸侯國文藝異同也頗有比較者。孔子說「鄭聲淫」，是對鄭國音樂的價值評價，建立

在與周、魯、宋等國的正統音樂比較的基礎上。此處「聲」字也包括詩在內。因為孔子時期詩是配樂的。聲而淫，當有語言之內容，及文學之表達。

　　當時，由於古代中國東臨大海，西和北有大漠，南方則被認為是有「瘴氣」的「不毛之地」，所以古代中國與外國文學接觸較少，與印度佛教的橫向比較為一例外。中國古代更多的是與古人「先王」的縱向比較，古今之爭也屢見不鮮。但由於這一比較是建立在同一語言文化的連續性比較基礎上，並無「橫」的不同國度比較在內，與歐洲各國在與希臘羅馬比較中同時具備「縱」（時代不同）「橫」（文化不同）比較有所不同。但比較文學的未來發展中，同一文化的縱向比較，也可能為一新範疇，如蘇俄派比較文學已如此做了。

　　比較文學的第二個縱向發展階段是實證主義階段，此階段從橫向地緣文化角度看則是「法國學派」稱雄。對這一階段作出重大貢獻的法國學者有 H・泰恩（H. Taine）、梵・第根（P. Van Tiegen）、F・巴爾登斯貝格（F. Baldensperger）等人。這些人的思想直接或間接地與法國哲學家孔德（A. Comte）所提倡的重證據輕臆測的實證主義有關。當德國人冥思苦想哲學，英國人兢兢業業地計算政治經濟學時，法國的實證主義在比較文學領域綻放出了新枝。法國學派主張「影響研究」（influence study），認為比較文學應研究實證的「縱」向關係（歷史、淵源）和「橫」向關係（親緣、地理）。他們特別重視一國文學在他國文學的「命運」（fortune），從「給予者」（émetteur）、「接受者」（récepteur）與「傳播者」（transmetteur）三種因素分析文學的流動。梵・第根的《比較文學論》（1931）是法國學派的代表作。該書認為文學史的主要因素包括給予和接受的影響，而審美鑒賞式的比較沒有歷史或科學的意義。

　　與法國學派相關的還有在民間故事研究方面的芬蘭學派。該學派

認為世界上的民間故事都有一個起源，然後以波浪狀從高文化層區向低文化層區傳播。比如，在其看來，龍的概念起源於埃及，然後層層傳遞到亞、歐各地。

法國學派的研究首先使人將不同的文學放在一起研究，開闊了人們的眼界。文學成了涓涓細流，輾轉于各國文化寶庫之間，比較文學家的任務就是考察其源頭、支脈、漣漪。梵‧第根在剝奪比較文學研究人文學之美之後，賦予了它嚴謹的科學之美。這種研究的貢獻不容抹殺，其缺點也顯而易見。它束縛了研究者的審美主觀能動性，也減弱了閱讀者的欣賞興趣。問題是，法國學派可以是比較文學中重要的一支，卻不能自稱是比較文學的全部範疇。

於是縱向的第三階段的「文本研究」和橫向的「美國學派」就應運而生了。這一階段的比較文學研究有兩個動力，一為對法國學派的考據癖的反應，一為文學理論方面的美國新批評派（New Criticism）和俄國形式主義（Formalism）的影響。新批評派將文學從歷史和作者的經歷中孤立出來，認為文學是由文本的內部關係而非歷史或社會的外部關係決定的。這樣，與新批評派相關的第三階段比較文學研究就與建立在據歷史事實的第二階段劃清了界限。從橫的地理位置上看，這一階段的比較文學批評家多為美國學者，故亦為「美國學派」盛行之始，其旗幟是文學的「平行研究」（Parallelism）。其代表人物是美國的韋勒克（R. Wellek）、萊文（H. Levin）及雷馬克（H. Remak）等。我們應注意到，美國學派的興起雖然受新批評派影響，但其研究範疇及方法遠比經典的新批評派自由，也會不時提及歷史及作者生平之類，只是不會像法國學派那樣「無一字無出處」。總的來看，美國學派以研究文學系為主，重視文學研究的美學價值。美國學派的 O‧奧爾德里奇（O. Aldridge）認為：比較文學是探討作品的類同和對比，是指研究沒有任何關聯的作品的文體、結構、情調、觀念等方面的相似性。這就為平行研究下了定義。

　　在這一階段興起的「俄國學派」介於美、法兩學派之間，主張「類型學」（Типология）和歷史比較分析（Nсторико-сравнительни-йанализ）。俄國比較文學的創始人維謝洛夫斯基（Веселовский）認為世界各國文學，即使在時間和空間上都毫無關聯，也是平行向前發展的。這種觀點應該說與美國學派更接近。

　　俄國的形式主義（Formalism）和捷克的結構主義（Structuralism）的興起與發展，促進了下一階段，即第四階段「符號研究期」的到來。這一階段從橫的方向看，地緣分派不太明顯，各國學者都有參加，故不能以某國學派概括之。這種研究方法將文學作品看為一種符號（sign）或符號集合，認為在符號後面有著深一層的含義。

　　符號學（Semeiology）的代表人物索緒爾（F. Saussure）從語言學角度提出 signifier 和 signified 的概念。簡言之，signifier 是語言的形式，如連續不斷的聲音，signified 是其表達的內在意義。當然，應用到比較文學中其定義則較為廣闊。例如龍，筆者認為，西方龍作為 signifier 是蛇、鱷魚等兇狠動物的自新結合，作為 signified 是惡與障礙。東方龍作為 signifier 是「九似」的權威形象，作為 signified 則在神話、傳說和民間故事中有不同的層次。筆者以此為出發點寫成了《東西方龍的研究》（A Study of Dragons, East and West, New York, 1992）一書。研究方法不是嚴格的符號學的，但是受其一定影響。

　　由於符號研究方法的引入，比較文學研究的領域更寬了。應該注意，我們說第四階段是符號學的研究時期，並不是這一時期全部學者都使用嚴格意義的符號學方法。事實是，採用此種方法的只是比較文學研究中少數人。多數學者仍在應用包括傳統的考據或重視美學價值的研究方法，或從文學或從歷史的角度研究比較文學。我們把符號研究視作此階段的代表，是因為它的分析角度在此階段是新興而突出的。

　　符號學應用與社會、意識、文化息息相關。R・巴斯（Roland Barthes）一次在《巴黎競賽》報封面上看到一幅圖畫，發表了一番有關符號學的評論。畫面上一個黑人正向一面三色旗莊嚴敬禮。Signified 則是：法國是一個偉大的帝國，她的臣民不論膚色向其效忠。但前法屬非洲的黑人讀者對此 signified 是否願意這樣理解，一個不瞭解法國殖民史的人員是否能夠這樣理解，則不是 signifier 的設計者多能控制的了，這就要求助於另一種學派，即研究讀者接受問題（reception）的學派。符號學有一套批評詞彙，其出發點與意識形態批評，如馬克思主義，心理學批評，如佛洛德主義，都有不同，但就從文字的表面意義發掘內在社會或心理內涵的方法論而言，這些批評方法都有類似之處。R・雅克布遜（R.Jacobson）在其用捷克文寫的《什麼是詩？》一文中就說過「我們並不主張藝術沉湎在其自身之中，而是認為藝術是社會系統的組成部分，是與其他元素相配合的諸元素之一。」[1]

　　如此看來，在此階段中文學問題又成了社會問題。不過至此文藝批評家和讀者劃清了界限。儘管批評家也是讀者，但其主要任務是解釋和分析文學在其他讀者身上的作用。這種方法無疑為比較文學的發展開拓了廣闊的領域，一旦符號成了文本和讀者的仲介，其他學術領域的滲入就是不可避免的了。這就為比較文學的最近一個階段——擴展期做好了準備。

　　從縱向角度來說，當代比較文學發展到了第五個階段，研究的領域大大擴展。從橫的角度來說，比較文學的研究範圍從以歐洲文學為中心，擴展到歐亞並重。事實上的和理想中的「中國學派」的興起成為當代比較文學研究的特徵之一。

1　W. D. Stempel, ed., *Texte der Russischen Formalisten*, II, Munich: Fink, 1972, pp.393-418.

　　後現代主義的定義被公認為含混不清，後現代主義理論家的言論也常常是自相矛盾的。一般來說，它揭露、批判，乃至破壞符號（sign）與「所指」（referent）的關係。例如，J・利歐塔得（Jean-François Lyotard）認為後現代主義使物件的意識形態基礎非常「非自然化」（denaturalize），使社會意識形態的意義的合法性受到不斷的批判。[2]後現代主義學者常常假定「所指」是符號的效果（effect）而非來源（source）。一切知識與文化不可避免地與「含義製造系統」聯繫在一起，而後現代主義即尋求揭示其聯繫。J・鮑德里亞（Jean Baudrillard）認為，符號的發展在歷史上有三個階段。第一階段，符號表示現實，或在某種權威的保證下和某種主義有固定聯繫，在中世紀，這一保證可為上帝。第二階段，高級符號代表初級符號，從而間接與現實發生關係。第三階段，符號失去了代表性，而是成了與現實無關的獨立系統。例如，美國的狄斯奈樂園既不模仿古代，又不代表現代，也不預示未來，只是製造一種外面世界是真的想像。迪士尼自身就是一個獨立的符號系統。[3]

　　這一階段的比較文學的另一特徵是其與文化研究的互相滲透，特別是高雅文化和通俗文化之爭成了眾人矚目的焦點。F・R・利維斯（F. R. Leavis）主張高雅文化受到通俗文化的侵蝕。他認為只有少數人真正理解並保存高尚的文化傳統，只有他們能承認繼承和發揚傳統的後起之秀。[4]T・阿多諾（T. Adorno）從盧卡奇（G. Lukács）的辯證觀點出發，堅持文化特別是文化領域裡的雅俗之分，比如他認為通俗

2　Jean-François Lyotard, *The Postmoden Condition: A Report on Knowledge*, Manchester: Manchester University Press and Minncapolis: Minnesota University Press, 1984, pp. 31-41.

3　Jean Baudrillard, *Simulation*, New York: Semiotext(e), 1983, pp. 1-4, 23-26.

4　F. R. Leavis, *Mass Civilization and Minority Culture*, Cambridge: Gordon Fraser, 1930, pp. 3-5.

音樂作為娛樂工具而不是意識形態的反映，對在資本主義分工下失去全面鑒賞力的勞動群眾而言，有巨大的吸引力，而高雅音樂則至少作為一種替代手段可對被動的商品化的音樂提出挑戰。[5]而 R．威廉姆斯（R. Williams）則反對社會與文化分開，反對文化與文學藝術等同，從而反對文化上的高雅與通俗之分。[6]T．查拉（T. Tzara）從對達達主義（Dadaism）的分析入手，認為先鋒派文藝統一了一系列對立面，諸如主動與被動、藝術與勞動、意識與下意識，以及高雅與通俗文化。[7]

在橫向上，這一階段的法國學派、美國學派等原來以歐洲為中心的比較研究，受到擴大地理領域的巨大壓力。新學派，比如中國學派正在或可能正在興起。李達三（John J. Deeney）博士宣導中國學派（China Complex）。他認為中國學派的宗旨有四：1. 發掘中國文學特點。2. 提倡西方之外的比較研究（如中、日、韓之比較）。3. 使比較文學之範圍真正遍及全球，特別是以前受忽視的東方。4. 促進東西文學觀的融會貫通。[8]

其實近代中國派比較文學早已有之，如魯迅、胡適、郭沫若、聞一多都有過現代意義上的比較文學研究。特別是錢鐘書的比較文學研究已達爐火純青的「大自在」。總結起來，現代中國比較文學研究應該有以下幾方面：1. 法國學派的考據，如胡適所做。2. 美國學派的平

5　Theodore Adorno, "On Popular Music," *Studies in Philosophy and Social Science (Zeitschrift für Sozialforschung)*, V. 9, 1941, pp. 17-48..

6　Raymond Williams, "Culture and Which Way of Life?" *Culture and Society* 1780-1950, London: Chatto and windus, 1958, pp. 319-328.

7　Tristan Tzara, "Memoirs of Dadaism," reprinted in Edmund Wilson, *Axel's Castle*, New York: Chartes Scribner's Sons, 1931, pp. 304-309.

8　劉介民：〈比較文學的學派及四種觀點〉，智量主編：《比較文學三百篇》（上海市：上海文藝出版社，1990年），頁29-32。

行研究，如研究莎士比亞與湯顯祖的關係。除東西對比外應重視東方各國文學之比較，如季羨林所做。3. 以各國之學為例，解決文學理論中的問題，如主題、方法、技巧、結構、類別等。4. 翻譯理論與實踐的研究。5. 涉及文學與文學以外領域的關係的比較研究。6. 中國或其他國家一國之內不同民族之間的文學比較研究。如蒙藏史詩比較。7. 同一民族不同文化下的文學研究，如楚文學與中原文學關係。此一研究還可涉及縱向不同歷史時期的比較。8. 以西方文藝理論為工具闡發中國文學。此點多數學者一直在做，但對其批評較多。其實大陸學者一直在用此方法從政治經濟學角度分析中國文學。此外闡發也可是相互的，如用《文心雕龍》分析西方文學亦無不可。

　　當然中國學派正在形成中，更廣闊更高深的範圍和方法也必然出現。相容並蓄海闊天空本是中國文人特點。有四千年文明的中國文學也有能力與義務擔負起發展比較文學的重任。

附文（二）
文學視野的拓展
──讀《異鄉異客》

史中興

　　研究英美現當代文學，隔洋相望與登堂入室，感受是不同的。趙啟光的《異鄉異客》就是一本登堂入室之作。他在美獲比較文學博士學位並為美一所大學開創中國語言文學部，稱得上是深入異鄉，自然帶來了考察的深入；仍為異客，則又表明這仍然是一個中國學者的視角。

　　文學是生活的反映。水土不同，花果殊異。如果以我們固有的思維習慣、評論模式想當然地推測理解西方文學現象，則難免一廂情願，文不對題。作者在異鄉生活十年，耳濡目染，對於不同文化背景產生的心理衝擊有強烈體驗，這無疑有助於他接近他的研究物件。西方現當代文學現象龐雜，現代派異象紛呈，現實主義也仍有它寬廣的生存空間。這裡重要的是，研究者不能作繭自縛。即使那些現實主義作家也未必是我們習見的理想模式。可能他的藝術方法是很出色的，但思想卻很平庸，不能超越流行觀念，提出關於人生、社會和宇宙的任何獨到的見解。作者矚目的有當代「美國的契訶夫」之稱的契弗，就是這樣的作家。在他描寫中產階級平淡無奇生活的畫卷中，沒有提供任何濟世良方，如作者所說，他的人生觀與在美國市郊能碰上的隨便哪一位白領人士幾乎沒有什麼不同，但他卻憑了一種微妙的力量，

成為當代美國最著名的短篇小說家之一,這個力量就是他的寫作技巧。與傳統的個性化的方法不同,他的技巧之一是反個性化。如果我們只把藝術方法定於個性化一尊,那麼這種研究在沒有起步以前就停步了。契弗小說中的人物,差異的似乎只是機會不同。一個故事接著一個故事,所有的主人公都成了一個人——一個中產階級男人的化身(女子是作為男人生活環境的一部分存在的)。結果人們沒有固定的獨立性格。你要從中尋找哈姆雷特、高老頭、維特這種有典型性格的人物,無異於緣木求魚。這裡每一個人都是一個綜合體,而每一個綜合體之間的差別微乎其微。和自己同類一致性地位的喪失是他們唯一害怕的東西。人物的無個性化,卻把美國中產階級栩栩心態和在美國生活方式下的苦苦掙扎,表現得淋漓盡致。契弗風格是很難被熟悉現代派風格的讀者所賞識的,他耐心地等待了幾十年,直到晚年才被列入名作家的行列。他用樸實的新技巧充實了傳統的現實主義方法,為當代美國文學開拓了一個引人注目的新領域。

就像認為現實主義過時不符合西方文學現實那樣,肯定現實主義的生命力也同樣不能無視現代派在西方文學發展中的地位。任何一條文學溪流的出現,都有現實土壤為它提供河床。即使溪流污濁,那不也是反映了環境的污染?哈哈鏡照出的人物固然滑稽可笑,卻不是無中生有,那不過是現實人的放大扭曲變形而已。現代派的某些藝術方法儘管荒誕不經,但它採取放大扭曲變形的手法對資本主義環境下的「自我」及其無法擺脫的生存條件的表現,卻具有震撼性的力量。在研究美國曾盛極一時的文學流派——黑色幽默時,作者對其藝術特色所作的剖析,令人信服地表明,這個不具備獨創性思想、沒有跳出美國當代文學「性和暴力」窠臼的文學流派,能夠馳騁美國文壇十餘年,獨到的藝術手法起了決定性的作用。

在西方現當代文學研究上,有人強調的是作品本身的所謂「內在

研究」，有人則把作家的思想及其社會生活實踐作為研究的中心，這二者可以各有側重，其實很難截然分家。作品不能離開作家，作家不能離開作品。作品有了影響，自然引起人們對作家的瞭解興趣；對作家有了瞭解，反過來又會加深對作品的認識。作者的研究，沒有拘泥於一種方法，而是從實際出發，因人而異。對於我國讀者所熟知的海明威的研究，作者努力發掘的是他的獨特經歷和他所創造的人物之間的精神聯繫。海明威因創造一批臨危不懼、視死如歸的「硬漢子」形象而被西方論者稱作「一頭老獅子」。作者卻把自己的論題定為《海明威的傷痕》。海明威一生受過無數次傷，他塑造的主人公也沒有一個未曾受過傷。這當然不是巧合。作者在探索了戰爭、經濟危機等因素給海明威身心帶來的傷害後，特別提出海明威遇到的敵人裡還有一個就是他自己。對「美國之夢」的可靠性持懷疑態度的海明威，並沒有從群眾中發現力量的源泉。他像一個搖搖欲墜的走鋼絲演員，拒絕扶住身旁的任何支撐物，認為取得別人的幫助是恥辱。給他安慰的是奮鬥的過程本身，而不是奮鬥的目的和結局。困獸猶鬥式的悲壯氣氛充滿他的著作。於是作者以「海明威是一頭受傷的老獅子」的論斷顯出自己的見地。對待究竟是現實主義還是浪漫主義而長期以來被西方評論家爭論不休的英國作家康拉德，作者的研究則是作家與作品並行，思想與藝術同步。他逐一拉開康拉德六部重要作品的帷幕，同時檢視著他生活實踐的腳步。他作品中的悲涼、雄偉、壯闊、深沉境界跟他以全世界為舞臺、在世界幾個不同民族文化區的驚心動魄的經歷交相掩映，讀者能夠感受到，多種文化的薰陶如何擴充了他的眼界、深刻地影響了他的思想。他和他的作品尖銳的內在矛盾及其藝術手法的多樣化，已經不是現實或浪漫一詞所能簡單加以概括了。

　　研究西方現當代文學，既在瞭解他人，也在發現自己。不具備中國文化的豐富素養，這種研究就難免會「失去自我」。正是作者深厚

的中國文化根底，使其西方文學研究立足在一個堅實的基礎上，讓這本論集更熠熠閃光，為讀者的鑒賞留下了餘地。

（原載1991年10月30日《文匯報》；《異鄉異客》的大部分文章已納入《客舟聽雨》中）

當代名家叢書·趙啟光選集　A0501002

客舟聽雨

作　　者	趙啟光
責任編輯	蔡雅如
發 行 人	陳滿銘
總 經 理	梁錦興
總 編 輯	陳滿銘
副總編輯	張晏瑞
編 輯 所	萬卷樓圖書股份有限公司
排　　版	林曉敏
印　　刷	百通科技股份有限公司
封面設計	菩薩蠻數位文化有限公司

出　　版　昌明文化有限公司

桃園市龜山區中原街 32 號

電話 (02)23216565

發　　行　萬卷樓圖書股份有限公司

臺北市羅斯福路二段 41 號 6 樓之 3

電話 (02)23216565

傳真 (02)23218698

電郵 SERVICE@WANJUAN.COM.TW

大陸經銷

廈門外圖臺灣書店有限公司

　　電郵 JKB188@188.COM

ISBN 978-986-496-038-5

2017 年 7 月初版

定價：新臺幣 240 元

如何購買本書：

1. 劃撥購書，請透過以下郵政劃撥帳號：

　　帳號：15624015

　　戶名：萬卷樓圖書股份有限公司

2. 轉帳購書，請透過以下帳戶

　　合作金庫銀行　古亭分行

　　戶名：萬卷樓圖書股份有限公司

　　帳號：0877717092596

3. 網路購書，請透過萬卷樓網站

　　網址　WWW.WANJUAN.COM.TW

大量購書，請直接聯繫我們，將有專人為您

服務。客服：(02)23216565　分機 10

如有缺頁、破損或裝訂錯誤，請寄回更換

國家圖書館出版品預行編目資料

客舟聽雨 / 趙啟光著. -- 初版. -- 桃園市：

昌明文化出版；臺北市：萬卷樓發行，

2017.07　面；　　公分. -- (當代名家叢書. 趙

啟光選集；A0501002)

ISBN 978-986-496-038-5(平裝)

1.比較文學　2.世界文學　3.文集

819.07　　　　　　　　　　　106011522